クラス転移で手に入れた『天性』がガチャだった件

Class teni de teniireta “tensei” ga gacha dattaken

～落ちこぼれな俺がみんなまとめて最強にします～

3

双葉 鳴
Futaba mei

Illustration
nima

登場人物紹介
エラール
アリエルを姉として慕う。死者の魂を操ることができる。
アリエル
ドラゴンを従える少女。ソフトクリームに釣られて、雄介たちの仲間に。
阿久津雄介
本作の主人公。クラスごと異世界に召喚される。その際に授かった特殊能力――天性は『ガチャ』で、ステータスを上げたり、料理を生成したりできる。

グラド
ドラグネス皇国の
王にして、
雄介たちがいる
世界全体の支配者。
ロギン
ドラグネス皇国の
勇者の一人。
アリエルとは
深い因縁がある。
アクエリア
グラドが従える
『厄災龍』と呼ばれる
部下の一人。
水を司る力を持つ。
冴島薫
錦由乃
杜若みゆり
・雄介のクラスメイト・

1　ドリュアネスとの結託

俺の名前は阿久津雄介。

クラスでホームルームをしていたところ、クラスメイトごと異世界に転移してしまった俺は、俺たちを召喚したグルストン王国を守る勇者として育成させられることに……

そのための武器として、それぞれが『天性』と呼ばれる能力を与えられたところまではよかったが、俺を含む一部のクラスメイトは戦闘適性の低いハズレを引いてしまい、補欠扱いされる。

だが、用途不明かに見えた俺の『ガチャ』は、貨幣と引き換えに自分や仲間のステータスを上げることができる力だった。

俺は裏側から他のクラスメイトを支えながら、冒険者として活躍する。

王国に最初に訪れた刺客・ドラゴンロードのアリエルを仲間にして、獣人たちの住むムーンスレイ帝国と同盟を組み、俺たちは着々と戦力を増強していった。

だがムーンスレイから帰国した俺たちの前に、突如俺達のいる国を支配しているドラグネス皇国から、第二の刺客が現れた。

それは死者の霊を自在に操るエラールという少女だった。

クラスメイトの協力と、俺とアリエルのコンビネーションでなんとか撃破して、エラールを仲間に引き入れたところまではよかったが……

大量の霊やアンデッド系の魔物の侵攻で、戦地となった港町のサーバマグはほとんど壊滅。

『ガチャ』によって個人のステータスを高めたといっても、圧倒的な数の前では無力だということを痛感するのだった。

サーバマグでの戦いから数日後。

俺は、グルストン王国の城内にて、王様と霊国ドリュアネス側の勇者のリーダーとの会談の場にいた。

「この度は参戦が遅くなってしまって申し訳ございません。その代わりといってはなんですが……戦禍に見舞われたグルストン国を支援したく……」

ドリュアネス国の勇者のリーダー的存在である田代さんがおずおずと提案する。

「ほう。して、その支援とは何をしてくれるのかな？」

「はい。グルストンの国民の避難、それから住居や食事の世話による生活の保障ですね。参戦してから死霊使いに操られた私たちの一部の勇者による被害もあったでしょうし、せめてそれぐらいはさせてください」

国王は顎に手を当てて、何やら思案気な様子を見せた。

「それは……我が国民を人質に取ろうということかな？」

田代さんは慌てて頭を振った。

「いやいやそんなこと……！　言葉のままに受け取ってください。そちらの勇者には、我が国の司幸雄経由で支援物資を頂いた恩もあります。カニクリームコロッケは格別でした。あれはドリュアネスでは食べられない。私たちとしても、あれを二度と食べられなくなるのは惜しいので」

「ふふ、それは同意だな。私もあれは好物だ」

「「ハハハ」」

司か……ドリュアネスの食事を嫌って、肉欲しさに俺たちのところまで密入国してきた、なかなかにヤバい男だ。色々迷惑も被ったが、今こうしてドリュアネスとの繋がりが持てているのも彼のおかげだったりする。

俺が司のことを思い返しているうちに、国王と田代さんは握手を交わしていた。

どうやら会談は無事終わったらしい。

ドリュアネスが支援として約束してくれたのは、グルストン国民の避難先としてのドリュアネス大陸の地下にあるシェルターの開放だ。

グルストンに設置されたワープポータルのおかげで、グルストンとドリュアネスは扉一つで繋がった。

また、他国から戦闘を仕掛けられた際に備えて、避難民の受け入れを王様の命令で進めることになった。

　会談に参加し終えた俺は、そのままの足で城内の別室に向かっていた。

『鍛冶』の天性を持つ夏目樹貴の呼び出しを受けたからだ。

　俺が着いたころには、他の補欠組もみんな揃っていた。

『商人』の天性を得て、優れた交渉術を持った俺の親友、冴島薫。

『識別』の天性で、全ての情報を得られる補欠組のまとめ役、委員長こと錦由乃。

『カウンセラー』の天性で、暴走した相手を鎮圧したり、敵の戦闘意欲を削いだりと補欠組の中で戦闘において大活躍の杜若みゆり。

　俺は彼らのもとに駆け寄って、早速夏目の話を聞き出す。

「みんな、遅れてごめん。それで夏目、俺たちを呼んだ理由ってなんだよ？　まだ港町の後処理が残っているんだけど……」

　俺の言葉に続いて、薫たち三人が頷く。

「まぁまぁ……そっちには他のクラスメイトが向かってくれている。それより阿久津たちに優先してやってほしいことがあってな。まぁ、こっちが上手くいけば、今回の港町のような悲惨なことは二度と起きなくなるからな」

　ん？　随分ふわっとした言い方だな。

横を見ると、もったいぶった言い方をする夏目に、薫は俺以上に不満そうにしていた。

「夏目君、協力を求めるならもっとわかりやすく話してくれないかな？　余計な憶測はされたくないでしょ？」

薫の鋭い口撃に、夏目が一瞬たじろぐ。

だが、そう言われることを読んでいたかのように、夏目は気を取り直して眼鏡を押し上げた。

「ドリュアネスが使用している転移技術を応用して、仮想空間で強敵との戦闘をシミュレーションできる設備を造った」

「はぁ!?」

以前にも、モンスターを捕獲して戦闘データを集めるボール型のアイテムだったり、武器にスキルを付与させる仕組みだったりを作って、とんでもない技術力を見せていた夏目。

そんな彼がとうとうシミュレーションシステムを持ち込んだ……と。

いくら俺の天性『ガチャ』で知能のステータスを最大限まで引き上げたといっても、これは流石にやりすぎじゃないか？

こいつの天性はもう『鍛冶』じゃなくて、マッドサイエンティストかなんかにした方がいい。

ん？　それより今、ドリュアネスが使用している転移技術を……って言ったか？

それってつまり……

「夏目！　お前、転移技術をパクったのか!?」

「声が大きいぞ、阿久津。それに人聞きが悪い。これは俺たちが呼び出された本来の目的――『勇者決定戦』の役にも立つ技術だ。これがあれば、どこで勇者決定戦が起きても距離の都合で行けなくなるという事態は避けられるからな」

勇者決定戦とは、ドラグネスが主導で開催する国同士の序列争いだ。

元々俺たちがグルストン王国に転移させられたのは、その大会へ参加するという目的があったからだ。

「じゃあドリュアネス側から技術提供されたのか？」

夏目は首を横に振った。

「まぁ、提供という形ではないが許可はとっている。こちらの技術の一端を見せたら、向こうの口が軽くなってな。見返りも渡しておいた。偶然口を滑らせてしまったのだから、誰も咎めないだろう」

そう言って、手元で小瓶を弄ぶ夏目。

あ、その瓶！　こいつ、俺がガチャから出したポーションを交渉材料に使ったな？

俺がそう思いながらジトッとした視線を向けると、夏目は肩を竦めてから、もう一方の手に握っていた小型のコントローラーを俺に渡した。

どう見ても、もとの世界で流行っていた携帯ゲーム機にそっくりだ。

俺の関心がそのコントローラーへと移る。

「それは？」

「さっき話したシミュレーションができる媒体だ」

他の三人も訝しげにコントローラーへと視線を注ぐ。

「なお、これらはプレイヤーのステータスを読み取って、実戦さながらの臨場感が味わえる仕掛けになっている。実際にモンスターに立ち向かう前の実力差が測れる優れものさ。我がグルストン王国の発展に相応しいものだと思わないか？」

そこで薫が口を挟んだ。

「でもさ、このゲームは強敵と戦うことで個々の能力を上げるってだけで、国の防衛にはなんの役にも立たないんじゃないの？　それとも個人の実力をつけることで、戦力増強するっていう計画？」

「「「たしかに……」」」

最初に夏目が言っていたような港町の悲劇を引き起こさないという発言とは、いまいち結びつかない気が……

夏目は一度頷いてから答えた。

「冴島の指摘はもっともだ。このシステムには、もう一つ使い道があってな。捕らえたモンスターを逃さないように閉じ込める別空間になるんだ」

「つまり前回のような襲撃があっても、その空間に飛ばせば街に被害は出ないと……そういうこと？」

「あぁ、そうなるな」

「なるほどね」

薫たち三人は納得したようだった。

「そもそもグルストン王城内と城下町には、俺の開発したバリアを突破しないと入ってこられない。街の人々のために、合計ステータス三千以下の出入りは自由にしているがな。もしこのバリアを突破するステータス三千以上のイレギュラーが来たら、この別空間に飛ばせば脅威はなくなる」

「「「おぉ！」」」

これには委員長たちも喜んで跳ねている。

だが、俺は他の皆とは別の点で気になることがあった。

「ちなみにシミュレーションでのステータスは『ガチャ』による補正分は反映されるのか？」

「いや、含まれないな。ゲーム機にも、なんならバリアの方も関係ないぞ」

「えぇ……じゃあシミュレーションは俺にとってはクソゲーじゃん」

俺は一気に興味を無くした。

なんせ俺は、王国から使えないとレッテルを貼られた補欠四人組の一人。

スキルでもステータスでもわかりやすく秀(ひい)でた部分はない。

俺は覚醒(かくせい)した『ガチャ』の〈ステータスガチャ〉の力で銅貨、銀貨を対価にステータスを獲得することで、強者たちと渡り合っているのだ。

それが加味されないとなれば、俺たちは街にいるこの世界の大人に劣る。

『ガチャ』があれば、ドラゴンすらワンパンで倒せるくらいの強さがあるのだが……現実は無慈悲だ。

落ち込んだ俺を慰めるかのように、夏目が肩を叩いた。

「そんな顔をするな。そう言うと思って、ブースターアイテムを準備した」

「ブースターアイテム？」

夏目の言葉に興味を惹かれ続ける俺と、冷めた様子の薫たち。

そもそもゲームに対して、なんの魅力も感じてないようだ。

この中で、夏目の話を熱心に聞いてるのは俺くらいだった。

「ブースターアイテムとは言ったが、簡単にまとめると、今使っている『マテリアル武器』を登録することで、ゲーム内に持ち込めるってことだな」

マテリアル武器は、スキルが組み込まれ特殊装備で、夏目が開発したものだ。

「え、いいじゃん！」

「そうだろう？　あとは機体自体も全身投影型のフルダイブバージョンがある。ちなみにそっちならガチャの補正も乗るな」

「そういうことならそっちを先に教えてくれよ！」

「ははは、楽しみは先にとっておくもんだろう？　それに、こっちは台数がそんなにないからな。

国一つに対して六つしか用意できなかったんだ。早い者勝ちになってしまうから、そこは注意してくれよ」

「補正が入るだけありがたいってもんよ」

わかりやすくテンションを取り戻した俺に夏目が苦笑いする中、委員長が割って入る。

「国一つに対してってことは他国にも提供したの⁉」

衝撃を受ける委員長。

「あぁ、ムーンスレイ帝国と霊国ドリュアネスにそれぞれな。グルストン王国の魔導具技術を見せつける意味合いも含んでいるぞ。阿久津の『ガチャ』で一目置かれるようになったとはいえ、俺たちの国はまだ他から馬鹿にされている節があるからな。国力を誇示する意味でも効果的だろう？」

「それはいい考えですわね」

我らが補欠組の癒し枠、杜若みゆりが相槌を打つ。

杜若さんに煽てられて得意満面になる夏目。

だが、当の杜若さんは口では褒めているが、表情は愛想笑いのような感じだ。

委員長は腕を組んで、ため息をついた。

「勝手に国を跨いでの交渉事にも手を出して……上手くいったみたいだからいいけど。てっきり、周辺国に恩を売ろうとしているのかと思ったわ」

「まぁ、その思惑がゼロだとは言わないがな。それよりも、自国にいながら強敵と戦えるシステムを活用して、ドラグネスの刺客と戦えるだけの力を一人でも多く身につけてほしいだけさ」

確かにこの国は、アリエルに続いてエラールと、やたら刺客に攻め入られてきたからな。

俺たちが召喚されて半年も経たぬ内に二回も襲撃にあったわけで、いくら用心してもしすぎということはないだろう。

そのためにあれこれ動いてくれた夏目には感謝したいのだが……

「バリアにせよ、このシミュレーションにせよ、もっと早く報告してよ」

俺が思っていたことを薫が代弁してくれた。

「誰かに聞かれたことも、こちらから言う機会もなくてな」

悪びれることなく、夏目はそう言ってのけた。

報告・連絡・相談は必須だぞ！


夏目が国防を頑張ってくれたことが判明したので、俺たちが手伝う要素がグンと減った。

手持無沙汰になった俺たちは、冒険者稼業に勤しむことにした。

もしかしたら勇者としての役目が終わった後、元の世界に帰れない可能性もある。

そんな時に食いっぱぐれることがないようにしておこうという考えだった。

冒険者としての目的の大半は、日本食の再現と食材探しにすり替わっているが、それは気にしたら負けだ。

一度部屋を出てから、俺たちはアリエルとエラールを引き連れて、再び夏目のいるところへと戻ってきていた。

今日やることは、新しく仲間になったエラールの冒険者ライセンスの取得と、彼女の武器選びだ。

夏目のところに戻ってきたのは、手ごろな武器を手に入れるためであった。

アリエルが、エラールに色んな武器を持たせては、その都度褒めていた。

「似合ってるわよ、エラール」

「う、うぅ。お姉ちゃん、本当？」

エラールは自信なさげにそう返す。

最終的にエラールが選んだのは、なんと自分の体をすっぽり隠してしまうほど巨大な盾だ。

小柄な体格にもかかわらず、素のステータスの高さで、エラールはその盾を空気のように扱っていた。

遠くからだと、盾が浮いているように見えるな。

そんな物理的に身体を隠すことを選んだエラールだが、精神的にも相変わらずアリエル以外に心を開く様子はない。

未だ心の傷が癒えないのだろう。

アリエルの世話と、杜若さんの〈精神安定〉で大人しいが、それが切れた時が恐ろしい。

幽霊船で戦った時のように、いざとなれば自爆特攻を選ぶような子だ。

慎重に扱わなければ……

アリエルはテキパキと夏目との会話を進める。

「これでいいわ。あといくつか魔石をもらえるかしら。能力に新しい可能性を見出せるかもしれないから」

「ああ、それはこちらとしても嬉しいな。使えそうなものがあったら報告してくれ。言ってくれれば武器の調整はいくらでもする」

「ありがとう、イッキ」

「アリエルは健気だね。それに比べてお前らときたらどうよ？　もっと前向きに武器の検討とかしたら？」

夏目は俺たちに向かって嫌味ったらしく言った。

どうやら、アリエルと違って、せっかく開発したマテリアル武器を有効活用しない俺たちに不満な様子だ。

そう言うところだけ聞くと、鍛治師っぽいな。

アリエルは、対エラール戦以降も研鑽を積んで、戦闘スタイルを固めているようだった。

あの戦いでも元々持っていたドラゴンを従える能力と、グルストンに来てから得た鞭の能力を使いこなして戦っていたからな。

出会った当初の子供っぽい性格や自暴自棄な態度はすっかりなくなり、今ではエラールの頼れる姉役としての振る舞いが目立つようになった。

エラールが来るまでは、ムーンスレイで出会った少女のシリスを可愛がっていたんだけどな。

シリスとは、ムーンスレイの勇者のシグルドさんという男が、親代わりとなって育てている子だ。

シリスと出会った影響で、アリエルも変わりつつあるのだろう。

俺もアリエルから見て頼れる存在になれていればいいんだけど……

自分では、全くもって一切成長してるように思えない。

特に戦闘面にいたっては、ガチャで上げたステータスでゴリ押しするばかりだから、激闘らしい激闘を経験しているはずもなく、成長の余地もない。

強敵が現れるたびにガチャを回して、無限に強くなるって流れで、ここまで数々の荒波を乗り越えてきたからな。

だからこそ、それ以外の面で少しでも頼れる人間になれていればいいんだけど……


冒険者ギルドはいつにも増して賑(にぎ)わっていた。

みんなの視線の先には、夏目が言っていたフルダイブ型のシミュレーターらしい筐体(きょうたい)。

普通に考えれば、謎の機械に近付く人などいないだろうと思ったが、ここにいる冒険者たちはそういう物を恐れないのか、むしろ筐体の周りに群がっていた。

なんという順応力。

俺たちが唖然としていると、冒険者たちの話し声が聞こえてきた。

何やらプレイヤーの動きを見ながら、自分ならどうするかを話し合っているみたいだ。

俺は、筐体の背に記載された説明を流し読みした。

どうやらこのシミュレーションはステージクリア制で、どのレベルまでの敵に自分の実力が通用するかを試せるようになっていた。

ゲーム内で死んでも、シミュレーションの世界から意識が戻ってくるだけで済むので、自分の限界を試せる絶好の機会なのだとか。

それまでプレイしていた冒険者が出てくるとすぐに、次は俺が！　と、他の面々が手を挙げる。

夏目の思惑通り、シミュレーターの運用は成功しているようだった。

そんな光景を横目に、俺たちは受付に向かう。

俺たちが冒険者を始める頃から担当してくれている猫耳のお姉さんが対応してくれた。

これならすんなりライセンスを取得できるかなと思ったところで問題が発生した。

「何、この数値⁉」

エラールのステータス確認をしていたお姉さんが、卒倒しそうになりながら、そう言った。

エラールは素のステータスで、俺たちの『ガチャ』の補正後のステータスに少し届かないくらいなのだ。

こんな数値を見たら冒険者側としては……

「確認は済みました……それではSランクのライセンスを……」

当然高ランクに位置付けたいと思うはずで、案の定お姉さんもその動きをとろうとする。

しかし、そこで薫が待ったをかける。

「僕たちと同じライセンスでお願いします」

「え？　いや、だって……このステータスなら……」

「お願いします」

「……」

薫の圧に押され気味になる猫耳のお姉さん。

「これは僕たちの総意です。彼女は能力はあれど、冒険者としては半人前。仕事もできないのに上位にすえたら、現時点の上位冒険者は、きっと良くない感情を彼女に持ちます。ですが彼女は冒険者としての実力はともかく、戦闘スキルはずば抜けている。すぐに向かってきた冒険者を返り討ちにするでしょう。そうなってくると、ここの冒険者の損失の方が大きくなります」

猫耳のお姉さんが頭を抱えてしまった。

薫はその様子を気にすることなく、最後に一言添えた。

「それと彼女はアリエルと同じで訳ありです。まぁ、その詳しい内容は国が関わってくるので、あまり話せませんが」

少しの沈黙の後、お姉さんは両手を上げた。

「はいはい、わかったわよ！　王国に守られている君たちに逆らうなって話でしょ！」

薫は微笑みを浮かべた。

「わかってくれて助かります。ただ、あまり大きな声は出さないでくださいね」

これにて薫の圧勝でちょっとしたいざこざは幕を閉じた。

「なんて横暴な少年にゃ……もっと目上を敬ってほしいにゃ……」

何やら猫耳のお姉さんはぶつくさ愚痴をこぼしながらライセンスの準備を始めた。

お国言葉が出てきているあたり、相当感情的になっているようだ。受付としてのスタンスが保てなくなっている。

まぁ、薫と言い合いして、勝てる人の方が珍しいし、仕方ないな。

当の薫は、お姉さんの愚痴など聞こえていないように彼女を急かす。

「急ぎめでお願いできませんか？」

結局お姉さんは、エラールにFランクのライセンスを用意した。

実力より上にランクを詐称するのは犯罪だが、実力を誤魔化すために、下にランクを設定するのは罪に問われない。

この場合は、むしろ適正ランクのライセンスを渡さなかったということで、ステータスを確認した受付側の評価が下がるらしい。

だからこそ、彼女はエラールを高ランク冒険者にしたかったのだろうが……薫の圧の前に屈してしまったようだ。

それはともかく――

「お姉ちゃんとお揃い！」

エラールが喜ばしげにライセンスを掲げた。

「そうね、これから一緒に頑張るわよ？」

アリエルがエラールの頭を撫でる。

「うん！」

俺はエラールの笑顔と二人の温かいやり取りを見られたことに満足していた。

アリエルの前でしか素顔を出さないエラールのリアクションということもあって、喜びも一入だ。

委員長たちもニコニコしている。

これでこそ、みんなに笑顔でいてほしくて頑張っている甲斐があるというものだ。

俺が満足げに頷いていると、天性『スカウト』を持つ、水野義昭がやって来た。

「あ、その子も冒険者にするんだ？」

「水野！」

すっかり冒険者の装いが板についているな。

「今日の訓練は？」

「三上君たちに占領されちゃってね。オレたちに順番が回ってくるまで日を跨ぎそうだから、なんか依頼でもと思って、こっちに来た」

ちなみに、三上はうちのクラスでトップの戦闘能力を持っている男だ。

「王様もすごい力を入れているみたい。夏目さんの技術も褒め称えていたし」

水野の後ろから、クール系美女のクラスメイト――姫乃皐月が話に入ってきた。

最近は天性『アーチャー』を活用しながら、水野とコンビを組んで冒険者をしている。

俺たちが裏で暗躍するタイプなら、こいつらは表でグルストン王国の勇者として、その力を示してくれている側だ。

アリエルが襲来してきた時に、手下のドラゴンを葬っていたので、二人の実力は国から認められている。

ただし、実力が高すぎて敵が全部吹っ飛んでしまうため、討伐部位を持ち帰れないという理由から彼らのランクはBと伸び悩み中。

ステータスが強大すぎるのも困りものらしい。

そんな話を聞くと、なおのことエラールをSランクで登録しなくてよかったという気になった。

もしSランクで登録したら、無駄に期待だけかけられて、討伐部位の持ち帰りができずに落ちこぼれる可能性だってあるからな。

「で、彼女のランクは？」

水野がサラッと質問してきた。

「Fランクだな」

そして薫の考えと、さっき水野から聞いた話を理由として付け加える。

「それ、俺たちに対しての皮肉でしょ？」

俺の説明に、水野はツッコミを入れ、エラールはげんなりした顔をこちらに向けた。

エラールにとっては、水野も姫乃さんも怖い大人の枠組みだから、比較されるのも嫌なようだ。

その後、水野たちと別れた俺は、薫たちとアリエル、エラールを連れて、簡単な素材採取とモンスターの捕獲を何回かした。

ほぼエラールの実地テストみたいなものだし、お金を稼ぐノウハウを教えてやれたので、今日の目的は十分達成できた。

エラール自身はアリエルと一緒にクエストを受けられたことがよほど嬉しいのか、常にハイテンションだった。

クリア報酬(ほうしゅう)は大したものじゃなかったが、俺が『ガチャ』でもう一品付け加えると、二人とも笑顔になった。

俺がしてやれるのはこれくらいだが、今はそれでいいんじゃないかな？

エラールが冒険者活動を安定してこなせるようになって数日。

俺たちはドリュアネスの勇者である司さんにコンタクトを取っていた。

グルストン国民の避難に先立って、一度ドリュアネスを見に来てほしいという話だ。

薫たちは一足先に移動用のゲートへと向かっている。

俺は思うところがあって、アリエルとエラールに声をかけた。

「アリエルたちはどうする？」

「あたしたちは留守番した方が良さそうね。前回ムーンスレイに視察しに行った時の件があるもの。ドリュアネスもいい顔しないわ。きっと向こうも警戒してると思うのよ」

アリエルは、ムーンスレイで自身がドラグネスの勇者だと明かした時に、向こうの人々から恨まれた一件がある。

ドラグネス皇国の被害の爪痕は帝国の領土にありありと残されており、帝国側の憎しみもわかるが、アリエルに非はないだろうと、やるせない気持ちになったのを覚えている。

敵国とのいざこざを最小限におさえたいというアリエルの提案に、俺は胸を打たれた。

俺より小さいのに、随分と大人びた発想をするなぁ。

しかし、時折甘えん坊な部分を見せるアリエルだ。

俺がいない間はガチャも使えないため、好物のアイス大福やカニクリームコロッケを我慢できるか心配になった。

俺がいない間も極力不便はかけたくない。

何か俺にしてやれることはないか？

今までは俺とアリエルが常に一緒に行動していたから気にならなかったが、そもそもこの『ガチャ』が俺以外にも回せればいいんだよな……

そんなことを考えていると、突然頭の中心にアナウンスが響いた。

〈条件を達成しました〉
〈任意設定ガチャを獲得しました〉

「〈任意設定ガチャ〉？　なんだそれ」

俺がボソッと呟く(つぶやく)と、能力の説明が始まった。

どうやら対価と商品を設定することで、誰でも自由に固定された品を得られる、いわば自動販売機のようなものとのこと。

まさしく俺が願った、アリエルが『ガチャ』を回せればいいという期待に応える能力だった。

レベルに応じて置ける自動販売機の台数は変わるらしい。

今はレベルが1なので、置けるのも一台だけ。

使えば使うほどレベルが上がって、置ける数も徐々に増えていくのだろう。

「アリエル……一緒に付いてくるのは我慢できるっていったけど、アイスやカニクリームコロッケなんかがしばらく食べられなくても大丈夫なのか？」

「うぐっ！」

これにはアリエルも余裕がなくなってしまったようだ。

俺の袖を掴んで駄々をこね始める。

「そ、それは……そんなに向こうに長居するの？　頻繁に帰って来ればいいじゃない！」

その反応で我慢できないことがはっきりと伝わってきた。

「お姉ちゃん……」

エラールも隣で気難しい顔をする。

だが、それは俺のガチャ云々に対するリアクションというより、それが原因でアリエルが悲しい思いをすることが容認できないといった様子だった。

二人から見上げられた俺は、少しもったいぶりながら、アリエルたちに能力をお披露目することにした。

俺が今彼女たちのためにできることは、これだけだ。

「そんなアリエルに朗報。実は、こういうガチャが増えたんだ」

そう言って魔法陣の中から自動販売機型の機械を出した。

だが、馴染みのないアリエルは、これを見ても何に使うものかわからない。

「何よ、これ！」

アリエルがますます不機嫌になり、エラールが宥めようとする。

俺はそこで簡単に説明を始めた。

「この機械があれば、俺がいなくても、この場所から自由に俺のガチャを回すことができるんだ。もちろん、ある程度制限はかかるんだけど……」

アリエルは俺の言葉の途中で目を光らせて、俺の肩を揺さぶった。

「え、雄介のガチャを回せるの!? すごいじゃない！ どうして早く出してくれないのよ！ 私にイジワルしてたの？」

「いや、さっき追加されたばかりなんだよ、この能力。だから検証を兼ねてここに置いておこうと思ってな。後で使い心地とか改良点を教えてもらえると助かる」

「別にそれくらいいいけど。そういえば制限ってなんなの？」

「出せる品数が限られるってことだな。今の時点だと六つか……メニューは俺がガチャで出したことあるものなら選べるみたいだぞ。特別にアリエルが選んでいいぞ。エラールも欲しいものがあったら教えてくれ」

「私はお姉ちゃんと一緒でいい」

エラールが間を空けずに応える。

「六つ？ 六つかー……それはそれで悩むわね。いくつかは決まっているけれど残りに何を入れようかしら」

アリエルは腕を組んで悩み始めた。

「あら、アリエルじゃない。何をそんなに難しい顔をしているの？」

そこへクラスメイトの一人で『裁縫師』の天性を持つ榊志帆がやってきた。

彼女は天性をいかんなく発揮して、デザインから製作まで王城内での服飾を一手に担っている。

アリエルやエラールがここに来てから着ている服も彼女のお手製だ。

それゆえか、アリエルが俺たち補欠組以外で心を許している数少ない人物でもある。

「シホ！」

アリエルは他の人でも回せる自販機のようなガチャができたこと、そこに並べる食べ物の候補に俺が悩んでいることを相談し始めた。

そしてメニューリストが出来上がる。

・アイス大福：銀貨一枚
・カニクリームコロッケ：銀貨五枚
・アップルパイ：銀貨一枚
・杏仁豆腐：銀貨一枚
・ソフトクリーム：銀貨一枚
・カツ丼：銀貨三枚

銅貨一枚が元の世界の百円相当、それが百枚で銀貨一枚分だから……アイス大福一個が一万円という破格の価格設定だが、魔物を討伐すれば稼げる金額だ。

むしろ、あまり格安にした結果使いすぎたという状況を防ぐために、これくらいがいいかもしれない。

結局アリエルが要望を出したのは、アイス大福とカニクリームコロッケの二品だけ。

杏仁豆腐は榊さんがアリエルに提案することで通ったメニューだ。

好物が自由に食べられるようになって、榊さんはアリエル以上に笑顔だった。

他のアップルパイやソフトクリーム、カツ丼なんかも、通りかかったクラスメイトがアリエルから話を聞いてお願いしたことで加わった。

ラインアップを見るとほとんどがおやつで、主食になるのはカツ丼のみになってしまった。ギリギリカニクリームコロッケがおかずになるくらいだ。

「もっとメニューの数、増やせたりしないの？」

クラスメイトたちからそんな意見が飛ぶが、俺はそれを片手で制した。

まだレベルが1で、これが限界だから、今は我慢してくれ。

アリエルに〈任意設定ガチャ〉を託して、薫たちのいる集合場所に到着すると、そこには補欠組以外の顔があった。

「なんで三上がここに⁉」

「つれないな、阿久津。俺とお前の仲だろう？」

俺の声に振り向いたのは、天性『剣士』を持つ三上泰明。

『ガチャ』でステータスを上げる前は、グルストンに転移してきたクラスメイトの中で最強の勇者だった男だ。

最初のうちはリーダーシップを発揮してみんなをまとめてくれていたが、自分が正しいと思った方へ一直線だったり、人の話を聞かなかったりと、困った性格だということがわかった。

極めつけに、どうやら俺をライバル視しているようで、何故か俺と戦いたがる変人。

やたらと絡んでくるので、俺からは近付かないようにしていたのだが……。

俺はため息をついてから、三上たちのもとへと向かう。

「お前とそんな絆を結んだ覚えはないんだが？　それより、お前がこんなところにいていいのか？　王城の守護は？」

「それよりも優先すべきことが、このドリュアネスの視察だと思ってな。ドリュアネスは良かれと思ってうちの国の国民の保護を申し出てくれたのかもしれないが、これは実質、国民を人質にとっての国の乗っ取りだろう」

ドリュアネスとの会談時に、国王が言っていた話と似たようなことを言い出す三上。

「それは、お前が国王から聞いたのか？」

「いや、俺の考えだ。だが俺がドリュアネスに行くのを引き止めなかったってことは、国王も同じ考えだと思っている。夏目の考えたゲームを見て、国王も今までのステータス至上主義から方針転換したのだろう」

一直線の考え方が悪い方向にはたらいていた。

このままでは、三上は勝手な思い込みでドリュアネスに喧嘩を吹っかけかねない。

だから連れていきたくないんだが……

置いていったら、戻ってきてから何か言われそうだ。

俺は仕方なく杜若さんに頼んだ。

「お願い、杜若さん。いつものやつ、やっちゃって」

俺の言葉で杜若さんが手を前に翳した。

「はい！〈精神安定〉！」

「俺は正気に戻った！」

焦点の合わない目で三上が叫んだ。

面倒ごとを起こさせないために、こいつはずっとこのままでもいいかもしれない。

それよりもこんな狂犬さえ一発で大人しくさせてしまう杜若さんの〈精神安定〉は、とんでもないチートだと改めて認識する。

ムーンスレイ帝国で一度その能力を使用して以来、彼らから合同練習に参加させないように言われた逸材だ。

帝国の獣人たちは精神力で能力を向上させるタイプだから、杜若さんの力は天敵なのだ。

ともあれすっかり大人しくなった三上を引きずりながら、俺たちはドリュアネスへ転移するゲートを抜けたのだった。

2　霊国の実態

ドリュアネスに着いた俺たちは、さっそく司さんの歓迎を受けた。

「ようこそ僕たちの拠点へ！　阿久津君」

「お久しぶりです、司さん」

俺が挨拶すると、司さんの背後から手がニョキッと出てきた。

「俺もいるぞ！」

その手の主は、司さんの付き添いでグルストンに来たこともある、高田健一さんという、もう一人の高校生勇者だった。

どちらも高校三年生で、俺たちより二年先輩だ。

その後ろには、先日グルストンに来た田代さんや、若い女性の姿も見られた。

田代さんから聞いた話では、ドリュアネスに転移してきたのは高校生だけではないそうだ。

グルストンが俺たちのクラスを指定して転移させたように、ドリュアネスが指定したのは雑居ビル。なんと一棟丸ごと転移したらしい。

司さんたちは、そのビルに入っている塾に通っていたために転移させられたのだとか。

他にもビルにあったコンビニの店員や客、金融(きんゆう)会社の従業員も一緒に飛ばされたようだ。

田代さんは、一階のコンビニの店長で、今はドリュアネスに転移したメンバーのリーダー的存在とのことだ。

面倒ごとを押し付けられただけかもしれないが、田代さん自身は嫌がる様子もなく、リーダーとしての仕事を全う(まっと)していた。

そんな田代さんが、隣の女性とともに前に進み出る。

「ここからは私が案内しよう。千歳(ちとせ)君、例のバングルを彼らに」

千歳と呼ばれた女性が、俺たちに腕時計のようなアイテムを手渡す。

「はい、これをつけてください。ここから先は、それがあなたたちの身分証代わりになるわ」

千歳さんに言われるままにそのアイテムを巻き付けると、それは肉体に溶け込むように消えていった。

「何これ!?」

俺が驚きながら、辺りを見回すと、薫たちも同じようなリアクションをしていた。

千歳さんは俺たちの反応を見てクスっと笑うと、説明を付け加えた。

「外す時は、この国を出る時ね。専用の機械があるから、それを渡すわ。それまではゆっくりしてちょうだい」

知的な笑みを浮かべてそう言い残す千歳さん。

俺たちがボーッと見ていると、司さんが、あの人は香川千歳っていう俺たちの塾の講師だ、と付け足した。

なるほど、と思いながら俺たちは田代さんに案内されるままに先へ進むのだった。


少し歩くと、木造建築物が立ち並ぶエリアに到着した。

そのどれもがもとの世界のビル群と見紛うほどの高さだ。

グルストン王国との大きな違いは、あまり人の気配が感じられないことだろうか。

変な静けさのある街並みを散策していると、田代さんが説明を入れる。

「ここはグルストンの人が来た時用の住居エリアだから、今は人がほとんどいないんだ。この国に住まうエルフたちはここにはいない。それと、ここにいる者はみんな自然を愛するからね。木造建築はそちらでは見慣れないだろうけれど」

「それは全然気にしていないですが……それでエルフの方々はどちらへ？」

「あの方たちはあまり表に出てこないかな。我々だけの時ですら滅多に姿を見せないし、人数もそんなにいない。総勢数百名くらいしかいないよ」

「……だから人間とは馴れ合わないということですか？」

田代さんが苦い顔をした。

「そう断言するつもりはないが……これまでずっと閉ざされた世界で生きていた彼らだからね。今さら生き方を変えるのも楽じゃないということさ」

「要は対人関係に難ありと？」

そこで委員長が田代さんに鋭い指摘をぶつけた。

田代さんは静かに頷くが、言葉を言いあぐねてる様子から、現実はもっと複雑な事情がありそうだ。

極度の人間嫌いの可能性も考えておいた方がいいな。

「どう受け取ってもらっても構わないよ。次はこっちだ」

これ以上の説明を拒むように、田代さんは話を切り上げた。

その後の田代さんの案内は、グルストンの国民がどこに避難するかの説明をメインに進んだ。

同じ転移者の勇者を通じて、そういった説明を聞けると説得力が違う。

この対応には、今まで疑り深く周囲を観察していた三上も納得したようだ。

「なんだか誠実な人たちだな。どうやら俺は相手方のことを信じきれていなかったみたいだ」

声を潜めて三上が俺にそう言った。

「面倒ごとは起こすなよ？　俺たちは客として説明を受けるだけ。国にトラブルは持ち帰りたくない」

俺は三上に釘を刺した。

「今のところはそのつもりだ。今後の向こうの出方次第だがな」

お前ってやつは……

俺は特大のため息をついた。

こんな危なっかしいやつ、面倒見きれないって。

下手したら、ムーンスレイに行った時に同行していた『全属性魔法使い（ぜんぞくせいまほうつかい）』の天性を持つ木下太一（きのしたたいち）よりトラブルメーカーかもしれないな。

俺が眉間（みけん）を揉（も）んでいると、前方にいた田代さんが俺たちに声をかける。

「ここから先は道のりはシンプルだけど長丁場だ。現時点で疲労を感じている人は？」

ステータスを『ガチャ』で上げている俺たちにとって、視察での疲労なんて微々たるもの。

委員長があっさりと答えた。

「いえ、特には」

薫や杜若さんも頷く。

「ここからは、本来『精霊機（せいれいき）』で移動することが前提の道だからね。もし疲れているなら、精霊機に乗ってもらおうと思ったが……今のところ大丈夫そうだからね。かなり長丁場になるから頑張ってついてきてくれ」

田代さんはそう言って短く詠唱すると、魔法陣から緑色の機体を呼び出した。

司さんや高田さんの精霊機は以前に見たことがあったが、それとはまた異なる人型の見た目をしていた。

ドリュアネスの魔法技術と魔導具製作技術の集大成ともいえる巨大ロボット——精霊機。田代さんや司さんの二足歩行型は大体二階建ての家くらいの高さだ。

この国の勇者は、一人一機所持しているのだろうか。

田代さんに続いて、千歳さんや司さんたちもそれぞれ精霊機を呼び出して乗り込んでいる。

千歳さんのは四足歩行で進む獣型だった。

転移する前にロボットアニメを見ていた俺は、そんな多種多様な機体に強く興味を惹かれた。

が、かっこよさはともかく性能だけでいえば自分たちで走った方が速い。

「俺たちは走って行きます。こう見えてステータスに自信はあるんですよ？」

俺たちは精霊機と並走を始めた。

田代さんが機体から話しかける。

「なんでもステータスの底上げができるって聞いたよ。羨ましいなぁ」

「俺からしたら、魔法の一つも扱えない外れスペックって認識なんですけどね。そういう意味では、田代さんたちの方が羨ましいです」

「お互いにないものねだりというわけか。これ以上はやめておこう」

大人の対応で話を打ち切る田代さんに続いて、今度は千歳さんが俺たちに質問してきた。

「でも、スピードタイプの私の機体と一緒に走るなんて侮(あなど)れないわね。本当に補欠組なの？」

スピーカーを通して聞こえてくる声に、俺は返事する。

「ステータスは『ガチャ』で上げられても、表向きは弱小ですし。それに、肝心の戦闘スキルが俺たちにはありませんから」

千歳さんは、納得しきっていない表情で頷いた。

「それを聞いて安心したよ。こちらも君たちと事を構えるつもりはない。千歳君はあまり彼らを不安にしないように」

「はーい」

千歳さんが、まるで拗(す)ねた子供のような声を出した。

一見してクールビューティに見える彼女だが、それより年上の田代さんの前では、俺らの目にもあどけなく映った。

そのまま一直線に道を進むことしばらく、いきなり田代さんが自身の機体を制止させた。

「ここからはドワーフの領域に入るよ。このドリュアネスでは、魔導体系を司るエルフと、技術体系を司(つかさど)るドワーフが、ドラグネス皇国に抵抗するために手を組んでいてね。互いの得意分野を提供しあっているんだ。でも、この二種族は犬猿(けんえん)の仲(なか)でね。私たち転移者の多くは、エルフ側に身を寄せていることもあって、ドワーフたちからは嫌われているんだ。視察のためとはいえ、こちらの領域に入るのは、覚悟がいる。君たちも気をつけてくれたまえ」

田代さんの言葉で、俺の頭に嫌な予感が走る。

そういうのをフラグっていうんじゃ……

そして俺たちがその領域に足を踏み入れようとしたとき、何もない空間にいくつもの魔法陣が同時に出現した。

そして、中からは司さんたちが乗っているものとは違う、やたらと無骨で装飾もほとんどない精霊機が登場した。

「やはり来たか、バンデット！」

その精霊機の群れを見て、田代さんが叫んだ。

「バンデット……無法者？」

言葉の意味を調べた委員長がオウム返しで尋ねた。

「えぇ、ドワーフ連盟は、私たちの操る精霊機とは別の妖精機（ようせいき）というのを持っているのだけれど……時々こうして精霊機に乗るものを見つけては戦いを挑んでくるの。ゆえに荒くれ者の意味を込めてバンデットと呼称しているわ」

千歳さんが冷静に説明を挟む。

「本当は、こちらの精霊機と戦うことで、技術を向上させたいんだろうけどね。ドワーフは言葉で語るより先に行動しちゃうタイプが多いから」

説明を聞いて、バンデットの名称に納得がいった。

田代さんたちにとっては、山賊なんかと変わらない、迷惑な奴らって認識なのだろう。

「ムーンスレイ帝国も道行く人に戦いを挑むような国でしたが……どこも似たようなものなんですね」

委員長がやれやれといった様子で肩を竦めた。

もう少しお行儀のいい国かと思ったぜ！

俺も思わず心の中で嘆く。

「あっちもひどいと聞くね。まぁ、うちは向こうほど荒れていないと信じたいけど」

いや、五十歩百歩だろ！

田代さんが左手の武器を構えたところで、三上がその前に立った。

「俺が行く、阿久津たちは下がっていてくれ」

やる気満々の三上だが、彼のやり方だと余計に話がこじれそうだ。

俺は三上の肩を掴んで引き止めた。

「いや、お前が行ってどうするよ。どうせ武力で制圧しようとか考えているんだろ？」

「いや……そんな」

「力ずくで止めようとしたって、互いにやり返し合うだけだ。それじゃあエルフ同様嫌われるぞ？」

「じゃあ阿久津には何か考えがあるのか？」

俺は三上に向かって頷いてから、委員長に尋ねる。

「委員長、ドワーフって酒好きで有名なんだよな。一番アルコール度数の高い酒ってなんだ？」

「工業用アルコールなら百パーセントよ？」

「それを酒って言って渡すのか？」

委員長は舌を出した。

「本気にしないでちょうだい、冗談よ。ウォッカならこの前シグルドさんに渡したウィスキーより度数は高いわ。あちらのドワーフたちも喜ぶんじゃないかしら」

「それでいくか。イメージはバッチリだ」

二十ほどの魔素(まそ)――討伐した魔物から『ガチャ』で変換できるエネルギー――と引き換えに、俺の手元に小瓶が現れた。

ビールより高く、何故かウィスキーよりも安い。

どういう理由でこの消費量なのかはわからないが、ひとまずドワーフたちに渡すお酒も準備できたことだし……

思いつきではあるが、プレゼント作戦で彼らを大人しくできないか試すとしよう。

俺はバンデットたちの機体に近付いて声を張り上げた。

「待った！　俺たちは戦いを望まない！」

だが、バンデットたちには声が届いていないようで、前に出てきた俺を気にかけず、踏み潰すように機体の足を上げた。

俺はその金属の足を片手で掴んで、動きを止めた。

「俺たちの話を聞いてくれないか！」

楽々と足を掴まれたことに驚いたのか、機体がバランスを崩して転倒した。

他の機体が手に持った棍棒で俺のいる地面を叩くが、俺はそれをあっさりと躱した。

そして、リーダーらしきドワーフが乗っている機体にジャンプして飛び乗った。

その様子を見たバンデットたちがたじろぐ。

流石にたった一人の人間に機械がここまで弄ばれるのは想定外だったようだ。

「お主、この妖精機相手にこうも立ち回るとは見事だな。名前は？」

「阿久津雄介！　グルストン王国からやって来た補欠組の一人だ！」

「いや、あの動きで補欠組は無理があるだろう……」

薫やドリュアネスの勇者たちがいる方からそんな声が聞こえてきたが、気にしない。

だが、ドワーフは俺の言葉で納得してくれたようだ。

「なるほど、お主たちがグルストンの……歓迎しよう！　阿久津雄介とその仲間たち！　ドワーフの街エルドラドへようこそ！」

な、三上。話を聞いてもらうだけならわざわざ攻撃する必要ないんだって。

バンデットたちに誘導されて、俺たちはそのままドワーフの街へと入っていく。

「これくらいなら俺だってできたし？」

後ろで三上が何か拗ねていたが、俺は放っておくことにした。

ドラグネス皇国の城の一室にて、妾——アクエリアは、どのようにしてグルストンの少年たちを倒すか考えていた。

ドラグネスの王であるグラドから与えられたのは、妾を敗北させた者を倒してこいという命令。

つまりリベンジマッチなのだが……

相手は、ムーンスレイで出会った少年。彼は妾の全力を涼しい顔で受け止めてみせた。

妾とて厄災龍の一柱を担っているだけに、あの結果にはいまだ納得できない。

そもそもそれまで一人の人間相手に手こずったことなどなかったゆえに、たかが人間の少年に追い返された事実に未だ納得がいっていないのだ。

物思いにふけっていると、窓側から声がした。

「浮かない顔ね、アクエリア」

振り返った先には、窓の縁に腰掛ける同じく厄災龍のウィンディ。

「うむ……そんなことよりお主はここにいていいのか？　勝手なことをすると、グラド様に叱られるぞ」

ウィンディは物憂げな表情で応えた。

「良いのよ。どうせ私たちよりも例の計画に傾倒されてるんだから。ここ数千年ずっとよ？　こんな見目麗しいメスを侍らせて手もつけてこないなんて、自信を失うわ」

「お主はまだ諦めておらなかったんだな。妾はとっくに……」

ウィンディは、未だグラド様の寵愛を受けようとあれこれ模索しているようだ。

見た目がドラゴンというだけで、心は乙女なのかもしれない。

「そうだと思って私はここに来たのよ！　一緒にグラド様の気を引けるようにね！　協力するし、なんでも相談にのるわよ？　一体何に悩んでるのよ～、うりうり」

ウィンディが妾の頬をつついた。

「ええい、やめい！」

妾はそれを手で払い、眉間に皺を寄せた。

「ウィンディに相談したところで解決する気がせんからの……」

そう、これぱっかりは直接彼らと対峙した者にしかわからない。

「何よ、それぇ～」

「だから、悩むのはやめじゃ！　ウィンディにも手を貸してほしい」

「いいわよ。お悩みは解決したってことなのね？」

「妾に細かい策は似合わんってことがわかった。力いっぱい暴れることにしたわ！」

「わぉ！　力押しで行くのね？　いいわよー、私も付き合ってあげる」

妾は、ウィンディを引き連れて窓から飛び出した。

ウィンディも何が待ち受けているのかワクワクしているようだった。

まるでピクニックに行くような気軽さを感じさせる。

行先は少年のいるグルストン王国だ。


グルストン王国の上空に着くと、真っ先にウィンディが驚く。

「ここって最弱国のグルストンでしょ？　こんなところにアクエリアを悩ませるお相手がいるの？」

「妾も信じられないがな。グルストンはもう我らの認識を超えて強国へと変貌（へんぼう）している。油断するでないぞ」

手に持った扇子（せんす）で顔を仰（あお）ぎながら、妾はウィンディに説明する。

ウィンディは怪訝（けげん）そうにこちらを見ていた。

その気持ちは少年に出会う前の妾が考えていたものとおおかた一緒だろう。

たかだか数百年しか歴史を作っていない人類が、数千年を余裕で生きる龍の域に到達するなんてありえるのかと。

「ふーん、でもアクエリアがそう言うレベルの相手なんて楽しそうね！　グラド様に気に入られようと考えるより何倍も！」

ウィンディの目が次第に爛々と光っていく。

これはウィンディの悪い癖が出たな。

基本乙女の思考を持つウィンディだが、強敵を前にすると途端に戦闘狂に豹変する。

厄災龍の妾たちはいずれもその素質があるが、ウィンディはそれが人一倍強いのだ。

「まぁ、妾は目的の者さえ倒せればそれで十分だ。あとは、お主に任せるから、好きに暴れていいぞ」

「りょうかーい！　強い人、どれくらいいるのかしら！」

未だ興奮気味の同僚を見て、妾は咎める気にもなれず、難しく考えるのをやめた。


そして、高度を下げて、グルストンの街に降り立とうとしたその瞬間――

突然見たこともない場所へと妾たちは立っていた。

どこかの森……なのか？

「なんじゃ、何が起きた!?」

「わっふー、なんなの？　なんなのこれ!?」

驚く妾の横で、ワクワクした表情で辺りを見回すウィンディ。

「景色が変わった、ということは転移や魔法の類……あるいはこちらの認識を変えて幻影を見せているのか？」

「どっちにしろ、誰かさんがこっちを敵として認識してるってことよね？　じゃあ、戦うしかないわね。挑まれたら応じてやるのが私たちだもの」

「無論じゃ。今までの鬱憤を晴らしてくれる！」

妾の言葉に呼応するかのように、空中に「ステージ1」と表示されて、目の前にゴブリンが現れた。

じゃが、こんなもの羽虫も同然。

腕の一振りとともに斬って捨てる。

「なんじゃ、敵の実力はこんなものか。出迎えが仰々しいから期待したが、とんだ見かけ倒しじゃったな」

その後も出てくる小型の魔物や中型の魔物を妾とウィンディで蹴散らす。

妾たちにとっては、ゴブリンも多少大きな魔物も敵としては大して変わらない。

じゃが、空中に「ステージ250」と表示されたあたりから、様子がおかしいことに気付く。

現れたのは、武装した少年少女たち。

その中には、ムーンスレイで遭遇した顔ぶれもあった。

とうとう本陣が来たかと、昂る気持ちを抑えながら、一体ずつ倒していく。

そこまではよかったのだが……
倒したはずの者たちが起き上がり、剣を構えた。
「「!?」」
妾はウィンディと顔を見合わせた。
すぐに二回目の攻撃が襲いかかり、それを跳ねのける。
何人倒しても、何回倒しても、敵は復活して妾たちに向かってくる。
まるで悪夢だ。
それだけでなく、徐々に敵の動きが変わっているのがわかった。
先ほどまで当たっていた攻撃が当たらなくなっている。
ウィンディは敵を迎え撃つのに必死で気付いていないみたいだった。
これはいったい……

◇◆◇◆◇

「厄災龍が二体入ってきたのを知った時は肝を冷やしたが、どうやら亜空間に飛ばすことに成功したみたいだな。飛んで火にいる夏の虫ってのはこのことよ！」
俺――夏目樹貴は、目の前の画面に映る厄災龍たちの姿を見てほくそ笑んだ。

「阿久津たちには、敵を閉じ込めるところまでしか説明していなかったけれど、この閉じ込めた奴らをみんなが倒す敵に設定することができるんだよな。しかもこっちは、システム上何度でも生き返れるし、生身の肉体には影響なし。これはいい練習相手になりそうだ」

これこそ俺が考えた強力な迎撃システム。

通称ゾンビアタックだ。

一回きりの戦いなら勝てる見込みの低い勝負でも、その制限なく特攻できるとなれば、さすがの厄災龍もお手上げだろうと考えて、幽霊船による港町の襲撃を参考に作った。

今はちょうど別室でシミュレートを使っている木下たちと戦わせているが、まずまずの戦績だ。

「さてと……ここからはどうするかな。ムーンスレイの勇者たちに、精霊機あたりも投入できそうだな」

俺は眼鏡を押し上げて、研究室でひとり呟いた。

一体これはどうなっておるんじゃ。

倒しても倒しても完全に回復した状態で再び立ち向かってくる。

先ほどまではあっさり対処していたが、妾もウィンディも徐々に余裕がなくなっていた。

何度目かわからないとどめをさすと、「ステージ251」と表示されて、ムーンスレイの勇者たちが現れる。

だが、今までなら『獣化（じゅうか）』と呼ばれるムーンスレイ国の固有能力を武器に近接戦を仕掛けてくるはずの彼らが、よりによって近付いてこない。

身を隠して狙撃したり、意識の外から攻撃してきたりと全く別の戦闘スタイルで追い詰めようとする。

「面妖（めんよう）な、超長距離の狙撃じゃと？」

「それも魔法防御を抜いてくる、厄介だわ～」

妾とウィンディは、片手で狙撃を払いのける。

いつもなら真っ向から叩きのめすのだが、今回のムーンスレイの勇者たちは姿をほとんど現わさないため、その手段もとれない。

「疲れるからやりたくなかったが、仕方ないな」

妾はそう言って、本気を出して、辺り一帯をまとめて吹き飛ばす。

続いて「ステージ252」の表記とともに現れたのは、ゴーレムとは異なる巨大な人形だった。

見かけによらず俊敏（しゅんびん）で、魔法も使う。しかも、上空を飛ぶ。

それが先ほどまでの敵と同じように、何度潰しても湧いてくる。

獣人たちと同じように空間ごとまとめて吹き飛ばそうとしたが、頑丈さと連携で防がれてしまった。

「ふむ、こちらも出し惜しみできなくなってきたな」

「そうね。体力の限界も近いし、まとめて片付けましょう」

それまで戦いに楽しげに身を投じていたウィンディも真剣な表情で頷いた。

そして二人して龍の姿になり、フィールドごと破壊し尽くす。

いったいこれはいつまで続くんじゃ……

その後も来る敵をひたすら屠(ほふ)っていると、それまで倒してきたグルストン、ムーンスレイの勇者とゴーレムもどきの全てがまとめて出現してきた。

「もう限界なんだけどー」

とうとうウィンディが泣き言を言い出した。

こちらの行動パターンは読まれて、先ほどより苦戦を強(し)いられる。

そのうえ、大技を使おうにも体力の限界も近い。

何より終わりの見えない状況に精神がかなり磨り減っていた。

意識を失うギリギリまで敵を倒した末――

「くっ……よもやこのような形で妾が負けるとは……」

妾の視界は真っ暗になった。

「よぉし！　ステージクリア！」

俺、木下はシミュレーションを終えてガッツポーズをした。

ようやく二体の龍を倒して、俺は満足感に浸っていた。

元々俺は転移したクラスメイトの中で二番手のステータスと天性を持ちながら、それを活かせず燻っていた。

だが、前回のムーンスレイでの視察でシグルドに師事して以来、格闘術や戦い方を身につけてパワーアップした。

今回の戦いはそれらの集大成ともいえるものだった。

「木下さんもお疲れ様。随分と動きやすかったわ」

同じチームの姫乃さんが、俺を労う。

「おう、ありがとう！　姫乃ちゃん。俺だっていつまでもお荷物のキャプテンじゃね一んだぜ？」

「そんなこと言ってないじゃない。でも、向こうの本気はこんなものじゃなかったはずよ。油断は禁物」

俺に釘を刺す姫乃さん。

確かに……少なくとも青髪の方は、ムーンスレイでも遭遇したが、あの時の覇気はなかった。

まぁ、どうせ夏目のシステムで再現している敵だから、その辺の調整は難しいんだろう。

「最初に接敵した時と後半とでも様子が違ってたよね。段々余裕がなくなってたっていうかさ」

姫乃に続いて、『人形使い』の天性を持つ節黒棗が思ったことを口にした。

そこまで見ていたとは……なかなかの観察眼だ。

でもそんな理知的な思考とは裏腹に、彼の戦い方は非常にワイルド。

そこら辺の瓦礫を組み合わせてゴーレムのように操作して、捨て身特攻させるのだ。

「それに一つ気になったんだが、ムーンスレイの勇者たちとかなら、夏目はデータを持っているだろうけれど、厄災龍のデータなんてないだろう。どうやってこのボスを再現してるんだ？　まさかさっき戦ったのが本物ってことはないよな？」

班員の水野がぼやく。

確かに不可解な点は多い。

まぁ、最凶と言われる厄災龍相手に、俺らみたいな三上より実力が大幅に劣る者が勝てたっていうのが何よりおかしかったりするんだけど……

いまいち水野は腑に落ちてないようだった。

「夏目も大概変人だからなー。あいつにしかわからないこともあるだろ」

「まぁな」

俺の言葉に水野は渋々頷いた。

「それより、ムーンスレイの師匠と一緒に共闘できたのはテンション上がったなぁ！」

「あれ、すごかったよね」

最初にシミュレーターで遊んでいた俺たちは、突如出た割り込み表記によってその場から厄災龍たちがいる場に飛ばされたのだ。

最初は俺たちB班だけだったが、しばらくするとムーンスレイの人たちが戦闘に参加してくれた。

システムはどうあれ、いい経験ができたからな、と俺は能天気に考えるのだった。

「これは一体なんの冗談じゃ。あの勇者たちや人形は愚か、それに劣る魔物にまで苦戦するようになっておる。厄災と言われた妾がなんというザマじゃ」

あれからしばらくして目を覚ました妾――アクエリアだったが、いる場所は変わらず……

その後もひたすら敵を迎え撃った。

いつの間にか勇者たちはいなくなり、魔物の数が増えたが、一度敗北すると、なかなかそのトラウマが抜けず……

普段ならあっさり倒せる相手にも足元を掬（すく）われることが増えてきた。

ウィンディはすっかり戦意喪失していた。

「お主もいつまでも惚けとらんでここから抜け出すぞ？」

「はえ？　まだ出られてないの？　もうこんな夢はいやよ。早く覚めてー」

「こやつ……早々に諦めおって」

何度か敵を倒さずに、空へ飛んで逃げようとしたが、何かに封じられて一定高度より上にいけなかった。

まるで、この場全体が巨大で強力な封印装置と化したようだった。

妾は強く唇を噛んだ。

多少の敗北はあっても、ここまで完膚なきまでに敗れたのは、主のグラドと戦って以来だ。

その戦いに敗れたことで、妾はグラドを王と慕い、彼の手を取った。

以降、自身と同じ境遇の仲間を集めた時はヤキモキしたが……

ウィンディほどあからさまに恋慕を抱きはしないが、少しくらい構ってほしくもあった。

もし、ここを抜け出られたら、また主からの寵愛を受けられるかもしれない。

故に、ここで立ち止まっているわけにはいかないのだ。

そう思って、妾は再び己を奮起させるのだった。

3　嵐の前の静けさ

俺、阿久津雄介とその一同は、ドワーフたちに案内されて工房にやってきていた。

目の前には、彼らが使用するバンデットが並んでいた。

俺は目の前の機体を見上げて、感嘆する。

「うおっ！　すげーな、これは！」

「だろぉ～？」

ドワーフの一人が腕を組んで胸を反らした。

彼の名前はガンツといい、このドワーフの街・エルドラドの親分的存在らしい。

エルフたちの駆る精霊機は生体認証があって、所有者以外には操縦できないが、バンデットにはそういったセキュリティがない。

つまり誰が乗ってもいい。

ずっとロボットに憧れていた俺としては、嬉しい話だ。

もとの世界で小さい頃に乗り回していた、デパートの屋上にあったゴーカートと同じ感覚で操縦していたら、そのテクニックを褒められた。

「お前は筋がいいな！」

ガンツさんが感心してくれて、俺は気持ち良くなった。

他の面々からの視線は痛いが、今の俺はロボットを動かすことしか考えていない。

おそらくみんなは、なんでそんなに初対面の人と打ち解けられるのかが気になっているのだろう。

これはロボットのロマンがわかる男同士の絆だ。

薫たちには真似できないだろう。

むしろこのロボットの良さがわからないこいつらを、俺は小一時間問い詰めてやりたいよ。

だが、そう言ってもこいつらは関心を示さないだろうから、俺は再び親方と話すとしよう。

「親方、これ、魔法は撃てないんですか？」

基本の操縦に慣れてきた俺は、次のステップに進みたくなった。

やはりロボットには武器に代わるものがないとな！

そして、エルフの国といえば魔法。

であれば、ロボットも魔法を使うのだろうと思い、ダメ元で聞いてみた。

だが、親方は首を横に振った。

「そういうのはエルフどもの専売特許(せんばいとっきょ)だ。うちは技術職じゃぞ？」

「そっかぁ」

落ち込む俺を見て、親方は金歯を剥き出しにして笑う。

「だが、その専売特許をワシらなりになんとかするのが仕事よ！　つっても擬似魔法じゃがな？　奴らの魔法の構成は長ったらしくてワシらには合わん。じゃから！」

そう言って腕に取りつけられそうな砲身を持ってきた。

「これならバンデット本体で足りない動力を補えるって寸法よ」

「おぉ！」

ランチャータイプの使い捨てパーツが外部に装着され、俺はさっそく試し撃ちをした。

湯水のごとく撃つのは不可能だが、一発一発はちゃんと魔法を超えるだけの威力がある。

試し撃ちを終えて満足した俺は、機体から降りた。

そして他の皆の視線も気にせずに、親方と二人でロボットについて語り合うのだった。

話が終わったところで、田代さんがパンと手を叩いて立ち上がった。

「いい思い出になったかな？」

先を急ぐ旅の途中だと田代さんが親方に告げると、親方は俺に専用のバンデットを一つ預けてくれた。

そして全員揃ってドワーフの工房を離れた。

先導する田代さんの後に続く俺たちだったが、その中で俺だけが先ほどの夢から覚めないまま、バンデットに乗り込んでいた。

他の皆は、走りながら俺が乗る機体を見上げていた。

しかし、しばらく順調に進んでいたが、俺のバンデットは段々とスピードを落として、とうとう動かなくなった。

とんだポンコツだ。

ここに来てようやく、ドワーフたちがエルフを羨む気持ちがわかった。

確かに魔力で動かせて、エネルギー不足になりづらい精霊機の方が圧倒的に便利だ。

とはいえ、こんなところにでかい物体を置いてくわけにもいかず、薫に頼んで預ってもらった。

薫の持つ〈差し押さえ〉の能力で、相手側に借金させることを前提に、その借金のカタとしていかなるものでも収納できるのだ。

薫自身はかなり嫌そうな表情をしていたが……

「俺のガチャを活用してしまえればいいんだけどな。一度しまったらこっちのは取り出せなくなるからよ」

俺がそう言うと、「ガチャはそういう用途じゃないでしょ！」と突っ込んだ後、渋々機体を鞄に入れてくれたのだった。


その後長い道のりを走ることしばらく。

俺たちは、ようやくエルフたちが住む地域の入り口にやって来た。

田代が精霊機を魔法陣にしまいながら話し始める。

「よし、ここからが本題だね。ようこそ、エルフの里へ。ちなみに、ここからは僕たちも精霊機での移動はできない。彼らは礼儀を重んじるからね」

目の前に現われたのは、一面の森の中の少しひらけた空間。

入り口は、そこにある天を覆うほどの巨大な木の幹の洞だった。

こんなに大きければ最初にいたところからでも見えそうなものだけどなぁ。

先導する田代さんに続いて、俺たちも樹の中へ入っていく。

入り口を通って中に入ると、辺り一面のどかな田園風景が広がっていた。

あれ、俺たちって今外から入ってきたんじゃ……

「さっきまで外にいたはずなのに、また外だ。しかもここって、日本の田舎とかにある田んぼと畦道に似てない？」

「ええ、狐に化かされた気分ね。一体なんの冗談かしら？」

薫と委員長も混乱しているようだった。

道の端には農具を置いておく小屋があり、人はいないけどお土産屋さんもちらほらあった。

時代劇の世界に迷い込んだ感じさえある。

だがここにも、人やエルフの気配は全くなかった。

「いやぁ、なんだか元の世界に帰ってきたみたいですねぇ」

俺が話しかけると、田代さんが頷いた。

「こればかりは元老院の人のこだわりだからね」

「元老院って？」

「うちの国を統べる集団……かな。ムーンスレイでも国のトップを守る組織みたいなの、なかったかい？　なんとか将軍みたいな？」

「あー……いましたねぇ」

たしか名前は六獣将軍だったかな？

「うちの元老院もそのようなものさ。ただし、ここまでするのは前世の知識があってこそだ。君たち、異世界転生は知っているかい？」

「なんとなくですが……」

「ここには、私たちのような転移者と違って、本物の異世界転生者がいるんだ。その人が元老院の一人であるササモリ氏という方だ。なんで彼がこっちの世界に飛ばされたかは謎だ。でも、彼のおかげで私たちの今の地位があるから、転移者のみんなはササモリ氏を慕っているんだ」

突拍子もない話だ。しかしあの見事な田園風景を見た後でなら、なんとなく納得する。

同じ日本人なのだろうな、と。

そういえば司さんが、グルストンに来て米を自慢していたのも、ここに繋がってくるのか。

まぁ、彼の場合は米だけでは満足できずに、グルストンに密入国してしてしまったわけだが……

ここには、俺らが欲していた完璧な米はあったが、逆に言えばそれ以外は不足が多かったということか。

　話を戻して田代さんが続ける。

「まぁ、難儀なことも多いんだけどね。彼らの生き方に関しては、最初にドリュアネスのゲートを潜った時に話したと思うが……何せ彼らはエルフ至上主義者だ。まぁ自分たちこそ一番という考えの者はドリュアネスに限らずいるだろう？」

「いますねぇ」

「だからこの国では、元老院の機嫌だけは損ねないように。とはいえ、ここから先の移動は転移装置がほとんどだ。そのバングルによってグレードが判定されて、行ける場所が制限されるから、元老院の方と遭遇することもないだろうけど」

　ああ、そこでこの腕輪を使うのか。

　すっかり忘れてたわ。

　田代さんはそのまま話を続ける。

「基本的に彼らは近未来の技術を手に入れたエルフだと思ってくれ。元々は自然の中に住んでいた彼らだったが、自然破壊を嫌うあまり、魔導を極めて、別の空間に居住区を移すことに成功した」

「それってVRのような？」

「我々では理解が及ばないものさ。時空間を捻じ曲げてジャンプする、空間転移の応用とだけしか僕でも説明できない。地球の技術すら遥かに上回っているからね」

そして田園を抜けた先の転移陣を揃って踏むと、景色が変わって、俺たちは真っ白な空間に飛ばされた。

大地から突き出た突起物が家の形になり、窓と出入り口、煙突が生えている以外は大地と一体化している。

なんともおかしなつくりの建物が立ち並んでいた。

「ここが、都市？」

最初に通った木造建築群も少し殺風景だったが、ここはより一層無機質だ。

委員長が首を傾げるのも無理はない。

「うん、彼らは無駄な装飾物を嫌うから、建物は最低限の役割が果たせるようになっているよ。一般住宅は真四角で、家主の地位が向上するたびに高さが増す。それ以外のお店や工房など職業に関する施設は丸みを帯びている。なんのお店かは出入り口にあるシルエットで判断する。どれがどれだかは後で私たちが説明しよう」

そのまま少し歩いて、田代さんは星のマークがあるお店で足を止めた。

「例えばこのマークは食事処だ。簡素化しすぎて元の素材がわからないが、栄養だけは取れるともっぱらの噂だよ」

中に入ったが、調理中の匂いは一切せず、自動販売機から購入するようだ。

機械から出てきたのは、温かくも冷たくもなく、長方形に圧縮されたスナック菓子。

俺や薫、委員長たちもその光景を見てキョトンとする。

グルストンにいた俺たちからしたらカルチャーショックだ。

「これが……食事……だと？」

三上が衝撃を受けていた。

その三上の肩を司が叩く。

「僕たちがどうしてこんなに肉を求めていたかわかってくれただろう？」

「さっきまでのお米は？」

すかさず俺が尋ねると、田代さんが答えた。

「あれは、個人の趣味でやっているものだからね。ドリュアネス全体に普及しているものではないんだ。こっちがエルフ本来の食事さ」

「趣味であれほどの農業を？」

「やっちゃうんだよ、その人は」

すぐ横では、なんとも言えない顔で委員長が率直な感想を述べる。

「これは確かに味気ないですね。お肉が禁止というから、代わりの料理があるのかと思っていましたが……」

「俺なら確かに参っちゃうな」

三上が同意する。

彼は特に動き回るからな。運動の後の食事がこれなら気が滅入りそうだ。

そのげんなりした表情は口よりも雄弁であった。

もしこいつがこの国に転移したら司さんと同じ道を辿っていたかもしれない。

「ここ以外の食事処は？」

「ないよ。ここが現代を生きるエルフの唯一の食事処。彼らが無駄を省いた結果、こうなってしまったんだ。そして、元老院はその頂点に立つ人物たちだから、まずこの食事が根本から変わることもないし、言い分はほとんど通らないと思っていい」

そこで千歳さんが口を挟んだ。

「あの方たちは頭の硬さが段違いですので」

「千歳君、ここは彼らの領域だよ？　あまり失礼な物言いはやめたまえ」

「そうでした。てへ」

千歳さんは自分の頭をコツンと叩く。

ここにいる転移者も全員が納得しているということではないみたいだ。


続いてやって来たのは、随分とひらけた空間だった。

ここに来る前に見たものと同じ田んぼが広がり、その中に家がぽつんと一軒だけあった。

「ここは？」

「今日アポイントメントを取り付けている元老院の一人が住まう別荘さ」

田代さんが俺の質問に答える。

「別荘って家だと思ったら、空間そのものを掌握しちゃってるんですねー」

「それが元老院特権だね」

薫の若干の嫌味混じりの感想にも、涼しい顔で答える田代さん。

すると、委員長が前方を指さした。

「あ、あそこに農家さんもいるわ！」

委員長が指を差した場所には農家らしきおじさんが鍬を振っていた。

麦わら帽子で陽光を遮り、汗を首にかけたタオルで拭う姿が様になっている。

「あ、ちょっと待って。あの人こそがこの場所のオーナーにして元老院の一人のササモリ氏だよ」

そう言って田代さんは、農家の人に向かって呼びかけた。

「やぁ、よく来たね田代君。そしてグルストンの勇者たち。私がこの地域を担当しているササモリだ」

遠目に見たらお爺さんかと思ったが、近付くと若々しく見える。

話を聞くと、御年千五百歳らしい。

「元老院というから、もっとお年を召された人なのかと」

「これでも十分年寄りだよ、私は。いや、今のエルフは大体が年配さ」

「若い人はいないんですか？　数百名全員がご年配となると」

「種の存続を心配してくれてるんだろうけど、私たちは長生きだからねぇ」

「なるほど」

「それに、己の技術を過信しすぎているきらいもある。技術者の私から言わせてもらえば、まだまだこの程度じゃ満足できてないというのに」

「ササモリさんは技術者なんですね！　では、ドワーフのバンデットのこともご存知で？」

「あぁ、あれか……あの無骨なデザインは好みが分かれるが、私は嫌いではないよ？」

あ、この人はわかる人だ。

俺は予感した。

ササモリさんは穏やかな表情で聞き返す。

「技術者というところから、ドワーフの話を聞き、バンデットの良さを語る。君はあの男とわかり合えたようだね？」

「あの男、というのはドワーフの親方でしょうか？」

「ああ、そうだ。私とあいつは魂(たましい)が同郷でね。言うなれば現代日本からの転生者だ。でもエルフとドワーフという種族の思想の違いで、離れ離れになってしまった」

ササモリさんは寂しげに微笑んだ。

本当は別れたくなかったんだろうな。

今現在ドワーフとエルフが提携できている理由もそこにありそうだ。

ササモリさんは、鍬を担いで家の方に歩き出した。

「さて、思い出話はこれくらいにして、食事にしようか。それとも食事は既に済ませてしまったかな？」

「いえ、エルフの街では軽食ぐらいしか」

咄嗟（とっさ）に答える田代さん。

だが、あれを食事と定義するのは流石に無理があるだろ。

俺以外も微妙な表情をしていたので、あれで満足できるメンツはいなかったみたいだ。

普段食べているものを考えると、一層あの食事が物足りなく感じる。

「そういうことなら、私ももてなし甲斐があるというもの。ぜひ手料理を食べていきなさい。エルフ流で悪いが、私は彼らとは少し違うということを見せてやらねばな？」

ニッと笑う姿は元老院の一人というよりも、親戚のおじさんのような柔和（にゅうわ）さを感じさせた。

案内された家屋（かおく）には、エルフの街なら無駄と言われてもおかしくない物が大量にあった。

木造建築で屋根は茅葺（かやぶき）屋根、釜風呂に井戸と古風な日本を思い出させる。

現代の暮らしをしている俺たちにとっては目新しいものの、率直に言えば古臭い。

「君たちには合わない部分もあるかもしれないが、農家だった私にはこれが一番落ち着くんだよ。

ここには電気もガスもなくて不便に思う部分もあるが、それもすっかり気に入ってしまった。技術者は停滞との戦い。すべてを完璧にしてしまったら、その時点で技術者として死んだも同然。だからあえてこんな場所に住んでいるんだね。お陰で同居人からは変人扱いだが……」

「事実です、マスター」

いつの間にか俺たちの輪に混ざっていた和服少女がササモリさんにツッコミを入れた。

「わ、誰!?」

「今、どこから?」

委員長と薫が二人して驚く。

委員長の『識別』すら誤魔化して近付くあたり、只者(ただもの)じゃない。

俺たちは突如現れた和服少女に揃って意識を向けた。

その様子を見て、ササモリさんが笑いながら説明してくれた。

「彼女はフェルスタ。私の作ったアンドロイドさ。けどインプットした覚えのない発言をしたり、先ほどのように光学迷彩(こうがくめいさい)で姿を隠して、こっそり近づいて脅(おど)かしたり、こちらを困らせるんだよ」

「ご紹介いただきました通り、私はフェルスタ。フェルとお呼びください、お客様」

「フェルさんね。本当にアンドロイドなの? 全然そんなふうには見えないけど?」

フェルさんは、パッと見た感じでは動きやすい着物に身を包んだ人型の女性。

年恰好から察するに俺たちと同年代で、言われなければアンドロイドとはわからない。

一体どんな技術を積み込めばここまで精密に人間に見えるのだろうか。

夏目以外の技術者に会ったことなかったけれど、この技術を見てササモリさんは改めてすごいと思った。

ドワーフの親方の技術もすごいが、エルフはそれ以上かもしれない。

「さて、フェル。お客様を室内にお通ししてくれ。私は久しぶりに腕によりをかけて食事の準備をするから」

「時間がかかるやつですか？」

「ちょっと、ね」

「エルフの考えるちょっとは、私や人間とは違います、マスター」

「なら、なるべく急ぐさ」

「早くお願いしますよ、マスター？」

「まったく、この子ときたら私を困らせることばかり言うんだから。何もない場所だけど、君たちは寛いでてくれ。では私は食事の準備をしてくるとしよう」

そう言って、ササモリさんは屋敷の奥へと引っ込んだ。

「こちらへ」

俺たちは、フェルさんの案内で見たこともない空間へと通される。

部屋に入ってさっそく委員長が声を上げた。

「これは囲炉裏ね！　珍しいわね」

「へぇ……これが！　生で見るのは初めてだな！」

俺も思わず驚いた。

「田舎でも滅多に見られないいんじゃないかしら」

その後も委員長は、物珍しげにしげしげと眺めていた。

ん、でもササモリさんの年齢が千五百歳で、家に囲炉裏があるってことは、もしかして千五百年前の日本から来たというわけではなく……この世界の時間の流れが早すぎるかもしれないのか。

「阿久津、何か考え事か？」

ぼんやり考えていると、三上が声をかけてきた。

「いや、なんでもねーよ。三上は随分静かだが、何か興味をそそられるもんはなかったのか？」

「俺は別に」

「つまんねー奴だなー。お前の頭は戦いのこと一辺倒かよ？」

「そんなつもりはないんだが、そうだな。せっかく他の国にきたんだし、楽しむとするよ」

「そうそう、肩の力抜いていこうぜ？」

「阿久津には敵わないな」

所在なさげにぽつんとしていたから話を聞こうとしたが、素っ気ない返事だった。

元々生真面目な性格だから、それが悪い方に作用しているのだろう。

三上はずっと肩に力を入れてきた分、力の抜き方がわからないのか、常に臨戦体制だ。

心強い反面、いつ物騒（ぶっそう）な騒（さわ）ぎを起こすかわかったものではないという懸念がまだ拭えない。

グルストン最強は兵隊以外の生き方を知らないのが厄介なところだな。

いい息抜きになればいいんだけど……

ササモリさんが木製のお盆を持って俺たちの前にやって来た。

「お待たせしたかね？　これでも十分急いできたつもりだが……」

同じエルフの食事とは思えない、日本式の振る舞いに、俺たちはオッと声を上げた。

「いえ、珍しいものばかりで目移りしちゃったので、そんなに待ってないですよ」

委員長の言う通り、囲炉裏以外にもこの室内には見慣れないものが揃っていた。

木彫（きぼ）りのクマの人形や、煙を上げる豚の形をした陶器。

委員長曰（いわ）く陶器は蚊取り線香らしい。

「田代君たちには食べてもらったことがあるけど、高校生のお口に合うかは少し自信がないな」

そう言って、ササモリさんが俺たちの前に並べたのは蕎麦（そば）だった。

「ササモリさんは蕎麦打ちもプロ級でね。私はあまりの美味しさに唸（うな）ったのだが、司君たちには少し物足りなかったんだよね」

司さんがそれを聞いて、弁解を始める。

「いや、美味しいのは美味しいんですよ？　でも、学生の俺たちはもっとエネルギッシュな食事の方がいいというか……」

「でもエルフの食事処と比べたら雲泥の差ですよね？　普段あれなら、俺はこっちでも十分嬉しいですが」

俺がそう言うと、司さんがため息をついた。

「もちろん、あの食事と比べたらね。でも、阿久津君はこればかりが三カ月も続いたらどう思う？」

三カ月か。

それは流石に司さんのフォローに回りたくなるな。

「あ、でも。お米はあるんですよね？　おにぎりも評判いいって聞きましたよ？　蕎麦以外にも食べられるものがあるんじゃ」

おにぎりと蕎麦のローテーションでは解決しないと強めに言う司さん。

その横でササモリさんは俺の言葉を聞いて頬をかいた。

「お褒めにあずかり光栄だね。苦節三百年。品種改良を重ねて、ようやく日本人の舌に合う味を引き出せたんだ。お米やお粥、日本酒をつくることもでき、順調だったんだけどね……」

「他にも問題が？」

「魚がダメだった」

「ダメとはどういう？」

「エルフに対する禁忌食材という考え方はご存知かな？」

委員長が顎に手を当てて答える。

「動物の肉を食べられないみたいな、主義や思想ですか？」

「まぁ、主義的なものもあるけれど、本質的にはエルフの身体の問題でね」

「食べると精霊から嫌われるとか？」

「いや、別にそんなことはないよ？　ただ食べるとひどい蕁麻疹（じんましん）に嘔吐（おうと）など、とにかく体調に害を及ぼす。要はアレルギーだね。エルフのほとんどが野菜か植物性タンパク質しか口にしない主な原因はそこにある」

なるほど、身体の不調が原因なら、肉や魚をこの国で食べるのは確かに無理だろうな。

「それは苦労なされましたね。元日本人としてはお辛いでしょう」

「まぁ千五百年も生きていれば慣れもするさ。私自身は食べられなくても、それほど気にならない。それよりも味見ができないもんだから、今回みたいなケースの時に困っちゃってね」

そこまで話してから、ササモリさんが俺を見る。

「阿久津君だったね、そこで君にお願いがある。君は、日本人に都合のいい食事を提供できると聞いている。だから私と取引をしないかね？」

「取引ですか？」

「うん、司君たちとはおかずの取引を済ませたみたいだが、それは一時的だし、あくまで個人的なものだろう」

「ええ、まぁ……」

「私の取引は、ドリュアネス全体のためのものだ。私は、エルフでも安心して食べられる食事の提供を目標にしていてね。彼らさえ満足させられたら、今の食事を変えるきっかけになるかもしれない。そうすれば、あの味気ない料理からも脱却できると思っている……協力してもらえるだろうか？」

「そんなことでよければお安い御用です。力を貸しますよ。な、みんな？」

俺たち補欠組と三上が揃って頷く。

そのやり取りを見たドリュアネスの勇者たちが目を輝かせる。

もし今の食事が改善されるのなら、もっと力を発揮できると司さんはやる気に満ちていた。

ササモリさんは俺たちが承諾（しょうだく）するやいなや、部屋を出ていった。

戻ってきた彼の手にはいくつかの小皿があった。

「君たちが欲しがるものがあるかはわからないが、何品か用意させてもらった。どうだろう？」

ササモリさんは赤い布の上に白い皿を並べ、そこに何かを盛りつけながら話し始める。

「ここからは私の出番ね！」

委員長が俺たちにそう言ってから前に出た。

粉末になっているものや液体を見てから、一言。

「阿久津君、ここにあるお皿のもの、全部回収しましょう」

どうやら委員長の眼鏡にはかなったようだ。

ドリュアネスの勇者たちもそのやり取りを興味深そうに覗き込む。

「おう！　ちなみにこれらはなんだったんだ？」

「左から唐辛子、白胡麻（しろごま）、黒胡麻（くろごま）、柚子（ゆず）、椿油（つばきあぶら）よ！」

パッと見じゃわからないものも多かったけれど、料理の調味料やトッピングのレパートリーが増えたみたいだな。

それはそうと……椿油はいったい？

委員長の言葉に俺が困惑していると、杜若さんが助け舟を出してくれた。

「阿久津さん、椿油はヘアオイルに使える原料ですね。女子はきっとみんな欲しがりますわ」

そこに千歳さんも話に加わった。

「待って、その話、気になるわね。ヘアオイルができるんだったら、私も欲しいもの。でも、原材料だけでヘアオイルになるの？」

まぁ、ムーンスレイに視察に行ったときに、道中シャンプーや石鹸（せっけん）なんかを作り出したことを考えれば、多分ヘアオイルも作れるだろう。

どうやって素材を扱うのか、細かいことは何もわからないけれど……

きっと委員長とガチャがなんとかしてくれるはず！

俺は、ひとまずササモリさんに許可を取ってから、委員長の指示通りに小皿のものを『ガチャ』

に放り込む。

ササモリさんは微笑みながら――

「気に入ってくれたようで何よりだよ。それでそちらからは何を提供してもらえそうかな？」

と言った。

「阿久津君、今から私が言うものを出してくれる？」

「オッケー」

委員長の言葉通りに俺が出したのは、味噌、醤油、蜂蜜、ミルク、バター、チーズ。それから生クリーム。

ササモリさんは目の前に並べられた、珍しい調味料を見て興奮気味に言った。

「これはこれは！　ドリュアネスだけではお目にかかれないものばかりだ！　それにバターやチーズなら、肉、魚は無理でも禁忌食材の代替になるかもしれない！　いいのかい？　こんなにもらっても？」

「それだけササモリさんがご用意くださった物が、私たちにとって価値があるものだったんですよ」

ササモリさんも委員長もいい取引ができて、お互いにホクホクしている。

今回は買い物や交渉事じゃないので、出番のない薫は横で不貞腐(ふてくさ)れていた。

まぁ、ササモリさんから素材を買い叩いて、今後の仲が険悪になるよりよほどましだ。

ここは委員長に任せて正解だったかも。

ササモリさんがフェルを呼んで、何やら指示を出した。

「フェル、例の大きな鼓（つづみ）を持ってきてくれる？」

「いいのですか？　あれらはマスターの大事な貯蔵品だったのでは？」

「ただ溜めておくより、活かしてくれる人に渡すのがこの素材のためになると思わないか？　私はきっと、今日この日、彼らに渡すためにこれらを収集していたんだろう。それに向こうがこれほどの品を出してくれているんだ。こちらも秘蔵の品を出さないわけにはいかないな」

「マスターがそうおっしゃるなら……わかりました」

ササモリさんが貯蔵している素材か……なんだろう？

そんなことを考えていたら、先に千歳さんが俺の脇腹を突（つつ）いた。

「そんなことより、ヘアオイル、出してみてほしいんだけど……」

「阿久津君、ごめんね」

田代さんがその隣でペコペコと頭を下げた。

まぁ、出せって言われたら出しますよ、っと。

曖昧なイメージだったが、手元に出ろと念じるだけでそれは現れた。

すぐに委員長が俺に聞いてくる。

「魔素の消費は？」

品物よりそっちに思考が向くあたり、抜かりがない。

「えーと……あれ、なんか随分減ってるな。ちょっと待って？」

俺の言葉に、委員長が怪訝な表情を見せる。

「減ってるってどういうことよ？　道中一度も使ってないわよね？」

少し考えてから、理由に思い当たった。

あ、アリエルたちに留守番中に渡した〈任意設定ガチャ〉の影響か。

対価も高めに設定したし、そんなに使われないと思ったが……

考えが甘かったか。

委員長たちに言わずに進めたことが、ここにきて俺の首を絞める。

「どうしたんだい？」

俺と委員長の困った空気を察したのか、ササモリさんもこっちの事情を心配してくれている。

これはちゃんと説明するしかないな。

「実は……」

俺は洗いざらい白状することにした。

4　思わぬ落とし穴

俺は委員長たちにガチャに新たな能力が追加されたこと、それをアリエルに託したことを包み隠さずに話した。

全て話し終えると、委員長が目を見開く。

「何ですって、〈任意設定ガチャ〉!?」

杜若さんも口元に手を当てて驚いていた。

薫だけは特に驚いた様子もなく、若干他人事(ひとごと)だった。

ササモリさんやドリュアネスの勇者たちからすれば、俺たちが慌てている理由がわからないため、キョトンとしていた。

そりゃ、ここまでの『ガチャ』の内容だけ見たら、万能だと感じてもおかしくない。

だが、実際は素材と魔素が潤沢(じゅんたく)にあって初めて力を発揮するのが『ガチャ』だ。

さらに最近は、なくなった素材を魔素が補填(ほてん)する〈素材復元(そざいふくげん)〉の能力が増えたこともあって、より一層魔素の重要性が大きくなっていた。

つまり〈任意設定ガチャ〉を使いすぎれば、俺が蓄えていた魔素がどんどん消費されて、やがてガチャ自体が使えなくなる。

これは由々しき事態だ。

頼むぜ、アリエル。まだこっちに渡って数時間しか経ってないんだ。

この調子で消費され続けたら、何もできなくなってしまう。

自分の中で話を咀嚼し終えたササモリさんが質問する。

「その〈任意設定ガチャ〉と言うのは何がまずいんだい？　聞いたところでは、随分と便利なものに聞こえたが？」

薫がドリュアネス組にわかるように説明する。

「雄介を通さないってところが問題なんだ。対価さえあれば好きなだけ入手できるとなれば、こちらのキャパを超えて購入する可能性がある」

「つまり？」

「向こうの需要が気付かないうちにこちらの魔素や素材を食い潰すんだ」

「それはまずいな！」

田代さんが真っ先に反応する。

元コンビニ店長のこの人から見たら、それだけ魅力的な商品を揃えられるなんて、羨ましいと思うだろう。

しかもその商品は、客側から見ればほとんど売り切れることがない。

だが、それは〈素材復元〉のおかげで魔素が代わりに消費されているだけ、言うなれば店側からしたら在庫不足なのだ。

のんびりお昼ご飯とか食べてる場合じゃない！

安全な旅かと思ったら、こんな形でピンチになるとは思わなかった。

事情を理解してくれたササモリさんに俺は尋ねる。

「ササモリさん、ここらへんで魔物の駆除ってできます？　とりあえず魔素の蓄えを増やしておきたくて」

「いるにはいるけど、この国の魔物は精霊機での討伐が前提なものが多くてね。巨大種ばかりだよ？　特にここは、他の地域より巨大化した動植物が多くて厄介なんだ。魔石なら多少融通できるけど、それじゃ意味ないのかい？」

ササモリさんは困った顔になった。

「それはそれで魅力的なのですが……今は何よりも魔素を優先したいので」

そこまで聞くと、ササモリさんは立ち上がる。

「君たちの状況はわかった。よし、本来なら自国の勇者以外の立ち入りを禁止している区画を解放しよう。そこで魔物を討伐すれば、魔素とやらもそこそこ補充できるはずだ」

「いいんですか!?」

立ち入り禁止区画と聞いて、俺は若干気後れした。

ササモリさんに迷惑をかけそうだ。

「あぁ、君たちの出す素材に助けてもらっているし、興味があるからな」

「ありがとうございます！」

「あ、田代君たちも手伝ってあげてね？　流石に精霊機の出撃がされてない場所に民間人を送り出すと、いくら私でも揉み消すのに苦労する。田代君たちが一緒なら説明しやすいからさ」

揉み消すの前提なんだ……なんか悪いこと頼んじゃったな。

ササモリさんの指示を聞いてドリュアネスの勇者たちが外に向かう。

「さーて、お前ら、お仕事の時間だぞ？　各自抜かるなよ？」

「「了解！」」

ドリュアネス組の勇者の声が木霊した。

ムーンスレイほどお堅い雰囲気はないけれど、上司と部下の関係性がしっかりしている。

自由奔放なグルストンとはえらい違いだ。

こっちにも一人、やる気になっている男がいる。

「俺も暴れていいのか？」

「なるべく肉体の損傷は抑えめで頼むぜ、三上？」

「注文が多いな……まあ、善処はする」

「損傷が少ない方が魔素を多く回収できるんだよ。豚角煮まんやるから、お願いいな」

「……お前、これを渡せば俺が言うことを聞くと思ってないか？」

まぁこの世界に来てからみんなの食の好みはなんとなく把握したからな。

三上が豚角煮まんに目がないことも知っている。

「まあ俺とお前の仲だ。努力する」

もぐもぐしながら、まんざらでもない三上。

「じゃ、戦闘の方は頼むぜ？」

「でも雄介も前に出るでしょ？」

薫が話に加わった。

「そりゃ、俺は素材回収が仕事だからな？　前に出て魔物の死体を急いで魔素にしないと」

俺のガチャの能力の一つ〈素材解体ガチャ〉の力で、片っ端から魔物を魔素に変換するのが今回の目的だ。

そうこうしているうちに、俺たちは立ち入り禁止区域に到着。

目の前には魔物がうじゃうじゃいた。

まずは、杜若さんが胸の前で腕をクロスさせ〈精神安定〉を発動した。

「これで魔物が暴れ出すことはなくなりました！」

敵の魔物たちは勢いを削がれて困惑している。

「では、私たちはサポートね。一緒に頑張りましょう？　冴島君」

「はいはい、さっさと終わらせよ？」

委員長は杖を構え、薫は面倒臭そうに弓に矢を番えた。

さぁ、戦闘開始だ！


ドリュアネスのモンスターは、力を弱められてもそれなりに強力だった。

体格はムーンスレイに出現したドラゴンの劣化版と同じくらいだ。

が、特徴的なのはその見た目。

昆虫系のものがほとんどで、最初こそ威勢のよかった委員長や杜若さんは早々と戦線を離脱した。

ドリュアネスの精霊機たちはこうした魔物の処理に慣れているのだろう。

田代さんが機体の手に搭載したガトリング砲をぶっ放し、司さんのライオンの頭が魔物に噛み付く。上空からは高田さんの精霊機が魔法でレーザーを照射し、地上では千歳さんが風の刃を纏って縦横無尽に駆け回っていた。

どんどんと魔物の死体が積み上がっていく。

モンスター退治の専門職としては頼もしいはたらきぶり。だが、魔素を少しでも集めたい俺からすると、慎重に戦ってほしいというのも本音だ。

そう思いながら、とりあえずみんなの戦いの邪魔にならないように、周囲の死体を片っ端から回収して、ガチャに入れていった。

そしてお待ちかねの魔素変換タイム。

出てきた数字を見て、俺は目を丸くする。

「え、一番弱いので一匹あたり八百⁉」

「これ、アリエルが使役していたドラゴンより強いんじゃない？」

俺の言葉を聞いて、薫がボソッと呟く。

ちょっ、薫。本人がいないからってそれは……！

俺は即座に話題を変えた。

「まぁ、この調子なら魔素の回収も早く終わりそうだ！　残りも頑張ろう！」

「私たちはまた遠くから援護するわね」

魔素の数値だけ確認した委員長たちが、再び後衛に下がっていった。

「同じくです。お役に立てなくて申し訳ないですが……」

その後ろで頭を下げながら、杜若さんがついていく。

「あとは俺たちに任せてくれればいい！」

離れていく女子にそう言って、魔物に突っ込んでいく三上。

ドリュアネスに来て、今が一番イキイキしているかもしれない。

そういうことなら……

「じゃあ、俺そこで休憩しているから、討伐し終えたら呼んでよ」

ここは三上に任せよう。

「えっ⁉　こういうのって一緒に戦うもんじゃゃ……」

三上は困惑していた。

そこに薫が加わる。

「悪いね、三上君。あとはよろしく」

「そんな……」

ドリュアネスの人たちも、ここまでフルパワーで魔物たちを倒し続けて体力をかなり消耗したみたいだ。

一人、また一人と休息をとりに俺のもとにやってくる。

最終的には、三上一人で昆虫型魔物を倒しまくっていた。

「ちょ、みんな揃って酷いですよ！」

そう言いつつも、ここで後には引けないと考えたのか、三上はいまだ魔物と格闘中。

俺たちはそんな三上の活躍ぶりを眺めながら、倒した魔物を魔素に変換しては、その数値に一喜一憂した。

「うぉおおおおおおおおおおおおおお‼」

三上の奮闘する声が周囲に木霊するのだった。

私、アリエルはエラールを引き連れて〈任意設定ガチャ〉のところへと向かっていた。

「お姉ちゃん、またアイス大福買うの？」

エラールが心配そうに尋ねる。

「いいじゃない。あたしの稼いだお金よ？　何に使おうと勝手でしょ？」

「でも、朝から十五個目だよ？　いくらなんでも食べすぎだよ」

「文句あるなら、分けてあげないわよ？」

「ないけどぉ」

「じゃあいいじゃない。あんたも好きでしょ、これ」

「好きっていうより……お姉ちゃんが食べすぎで太らないか心配なんだけど……」

何やらエラールがボソボソ言っていたが、スルー。

大方、分けてあげない、の一言が悲しかったのだろう。

食堂に着くと、あたしはさっそくアイス大福を購入して頬張った。

何度食べても飽きない。

するとエラールが私を見上げて、再び心配そうに言った。

「いいのかなぁ、こんなに食べちゃって……」

「いいのよ、雄介がいいって言ってたもの！」

雄介がドリュアネスに向かって数日。

エラールが言う通り、食べすぎなのは多少自覚しているが、使い心地を教えてほしいという仕事を任されているからには、なるべく試さなければと、心の中で言い訳をする。

すると、あたしたちの前に木下たちがやってくる。

「お、アリエルちゃん、エラールちゃん、おっすおっす」

エラールがあたしのすぐ後ろに隠れた。

「あら、木下。相変わらず暑苦しい顔ね」

「訓練頑張って疲れている俺に、開口一番ひどいこと言うなぁ。ところで、それはどこから？」

あたしが持っているアイス大福を指して、木下が聞いてきた。

木下たちはゲームに夢中で、食堂に雄介の置き土産があることなど知らないのだろう。

あたしは木下にこのアイテムの使い方を教える。

「なるほどね～。自販機ってことか。それって、グルストンの通貨で買うの？」

「そうよ。あんたたちも買ったら？」

「見たところ阿久津のガチャと連動してる感じか……うわ、肝心のメニューが女子の好みに偏ってやがる」

まぁ、あたしとシホとでメニュー選択しているからね。

「あれ、でも俺グルストンの通貨なんてほとんどないぞ！　ムーンスレイで手に入れたものしかない！　もしかして俺、買えない？」

木下が何かに気付いたようにガッカリした。

その後ろから水野と姫乃さんがやってきた。

「あ、姫乃さん、スイーツここで買えるみたいだよ？　買ってく？」

「あら、いいわね。後で恵にお茶も入れてもらいましょう」

木下が悩んでいるすぐ横で、水野と姫乃コンビが和気藹々とスイーツを購入する。

その様子を木下が羨ましそうに見ていた。

そして彼は、とうとう諦めたかのように、〈任意設定ガチャ〉の前に寝転がった。

ちょうど名前が上がった恵こと坂下恵が、木下に無慈悲な言葉を投げかけた。

「木下君、そんなところに寝ていると邪魔よ？」

「坂下さん、彼はここに住んでるんだよ、そっとしてあげよう？」

後から来た節黒が、恵にそう言った。

「そ、そうなの？　よくわからないけど風邪引くわよ？」

坂下はその言葉を真に受けてその場を去っていく。

そして入れ替わりでやってきたのは、王城の調理人だった。

どこから噂を聞きつけたかは知らないが、すぐに〈任意設定ガチャ〉に貨幣を入れてカニクリームコロッケを皿に盛り、去っていった。

翌日、アイス大福を買おうと食堂に向かうと、先客がいた。

国王ガイウス本人だ。

今までは由乃が間に入ることによって供給がセーブされていたけど、それがなくなったことで、欲しいだけ手に入るようになってしまった。

「貨幣と交換で手に入るなんて、王様からしたら一番楽な条件だものね」

あたしはガチャの前に張り付く国王を見て呟く。

しかも、王様を止められる存在も今のグルストンにはいない。

「みんなして好きなだけ食べちゃうなんて……バカばっか」

そして、あたしはそう言って、王様が買っていったカニクリームコロッケを見た後、同じように購入する。王様より少なめに十個程度にしたし、大丈夫でしょう。

そう思ってコロッケを食べ始める私を、エラールがジトッとした目で見ていた気がした。

雄介たち、早く帰ってこないかしら。

「あーくそ、言ってるそばからまた減ってるじゃん」

ドリュアネスの勇者たちと魔素回収に奔走(ほんそう)して数時間後、ササモリさんの家に戻ってきてから、ガチャの画面をチェックすると、魔素の数字が減少していた。

原因は、もう〈任意設定ガチャ〉でほぼ確定だろう。

というか、それ以外あり得ない！

俺がそう決めつけていると、薫が尋ねてきた。

「それって対価を他の何かに設定できたりしないの？」

「他の、とは？」

「素材そのものとか。要は〈素材復元〉で足りない素材を魔素が賄(まかな)うから、消費が激しいんでしょ？　生成する分の魔素はともかく、原材料は向こうに補ってもらえれば、その分の魔素は少しは抑えられるんじゃない？」

なるほどな、俺のガチャの仕組みを考えれば、金より素材の方がありがたい。

これは一理ある。

じゃあどうするか？

委員長が別のアイデアを提示する。

「いっそ〈任意設定ガチャ〉そのものが保有する魔素量を固定できれば。向こうの魔素が尽きた時点で、これ以上欲しかったら魔素を提供してもらうっていう形に切り替えられそうだけれどね。阿

「久津君、そう設定できないものかしら？」

俺は〈任意設定ガチャ〉の設定画面を開いた。

向こうがかなりの回数使用したからか、レベルが結構上がっていて、置ける台数も、一台あたりに設定できるメニューも増えていた。

そして、設定項目を見ると、対価も何種類か、しかも複数選択できることに気付く。

「どう、いけそう？」

「魔素に切り替えるっていうのもできるっぽいな」

毎回ガチャの運用については、俺より委員長や薫の方がいいアイデアを思いついている気がする。

やっぱりこの能力は俺が一人で運用するより、みんなで提案を出し合って運用するに限るな。

隠れて使おうとしていた過去の自分がばかばかしい。

「試しにここにもいくつか出して実験してみたい。田代さん、希望はある？」

そう言って俺は任意設定ガチャの機械をドンと床に置いた。

「私たちの希望でいいのかい？」

「はい。今の話の通り、対価は魔素になりますが」

「ヘアオイル！　ヘアオイルは絶対に入れてください！」

千歳さんがここぞとばかりに元気よく手を挙げた。

「はいはい、千歳君はいつになくわがままだね。そんなに欲しいの？」

「女子は見た目を気にするんですよぉ」

「じゃあ入れておくか。ところで阿久津君、これって何種類まで設定可能なの？」

「今のレベルだと八なので八種類ですね」

「なら一つはヘアオイルで……」

田代さんが腕を組んで考えていると、今度はその横で司さんがハイハイ！ と勢いよく挙手する。

司さんの希望は聞かなくてもわかる。肉だろう。

「君はさ、個人的に阿久津君と交換できるでしょ？ ここは我々大人に譲りなさい」

「えー！」

いつになく司さんが駄々っ子だ。

もしかして、司さんも直接俺とやり取りするのが億劫だから、この自販機で好きなものを手に入れたいとか考えているんじゃ。

「ところで阿久津君、高校生にこんなことを頼むのもアレだが、アルコール類はあるのかね？ 流石に先ほどドワーフたちに出したウォッカほど強くなくてもいい。ビールみたいなのがあると嬉しいのだが」

「ビールならありますよ。以前交流したムーンスレイの勇者が酒好きなので……それで出せるようになりました」

「ならそれを頼む！」

「はーい、私もそれには賛成でーす！」

ドリュアネスの大人組が顔を綻ばせる。

「じゃあこっちも子供の特権でコーラ！」

すると、司さんが懲りずに二度目の提案をしてきた。

「コーラを出すのはいいんですけれど……あれ、マナポーションですよ？　大丈夫なんすか？　その、他の元老院の方にバレても？」

「黙っていれば平気平気！」

いや、その元老院の一人が同席しているから、黙っておくことはできないけど……

ササモリさんが聞き捨てならないフレーズを拾ったとばかりにお冠だ。

「司君？　その話を詳しく教えてくれるかね？」

それまで余裕をかましていた司さんが、語気を強めるササモリさんの言葉でビクッと体を震わせた。

誰のおかげでお目こぼしされていたか、司さんはすっかり忘れていたようだ。

「あ、あの！　ササモリさん、これには深いわけが……」

「言い訳は後で聞く！」

「ぎゃー！」

元老院からの厳罰を食らった司さんの腕から、レッドアラートが鳴らされる。

例のバングルだろう。

田代さん曰く、このアラートが鳴ると、持ち主の行動が制限されるらしい。

田代さんについて回る分にはいいが、自由にモンスターを狩ることができない。

他国に行くのも禁止などなど。

これを解除するにはそれ相応の償(つぐな)いをする必要がある。

どういう償いかはわからないが、そこは司さんの頑張り次第だろう。

少なくとも今のままではダメかもしれない。

俺は頼まれたままに流れで出してしまったコーラをどうするか考えた末に、ササモリさんに声をかけた。

「せっかく出したので、一杯どうです？」

「いいのかい？」

「千五百年ぶりのコーラを味わってみてくださいよ」

「ふふ、君は不思議な人だなぁ。あいつが心を開くのもわかる気がするよ。きっと気持ちがあったかいんだろうね。うちの勇者たちとは違う、気遣いに満ちた優しさを感じるよ」

ササモリさんはそう言ってコップのコーラを少し啜った。

「そうか、コーラってこんな味だったんだ」

「美味しいですか？」

「わからない。でも少し、老骨に応えるな。大量に飲むには慣れが必要だ」

そう零すササモリさんは目を細めてゆっくりと、体全身で味わっていた。

「あの、ササモリさんも感動してますし、ここにコーラも入れません？」

ここぞとばかりに司さんが提案を差し込んだ。

さっき謹慎を食らったばかりなのに、なんというメンタルの強さ。

呆れを通り越して、俺は感心してしまった。

だが、決定権を持つ田代さんの表情は暗い。

「え、入れないよ？　なんで元老院に睨まれかねないブツを入れてもらえると思ってるの？　君はレッドカードを受けたんだから、黙ってなさい」

「ぐえぇぇえ！」

鶏が首を絞められたような声を出して、そのまま司さんは床に突っ伏した。

「それで品はともかく、魔素での支払いというのは、どうすればいいんだい？」

司さんが大人しくなったのを確認して、田代さんが口を開いた。

「あー、方法は幾つかあるんですけど、まずは俺のガチャの設定をこの〈任意設定ガチャ〉に紐付けします。紐付けすると……この増えた台があるので、そこに魔物の死体を載せてください。そうすると、解体か魔素変換の選択肢が出ますので、解体部位が欲しいなら解体、魔素の補充が目当てなら変換を選びます。魔素変換したら、それをそのまま〈任意設定ガチャ〉で使ってもらえるという流れになりますね」

設置したガチャをいじりながら、俺は田代さんたちに使い方を説明する。

「試しに入れてみてもいいか？」

そこで、俺の背後から気配を感じさせずに三上が現れて言った。

うお、お前、悪戯(いたずら)はやめろ！　びっくりしたじゃんか。

「おう、やってみてくれ」

俺の言葉に従って、三上が台の上に死体を載せた。

切り傷だらけの死体にコードを繋ぐと、スッと消滅した。

謎の技術だ。

まぁ、俺たちからすれば魔素がしっかり得られていればそれでいいわけで……

「お、増えたな」

三上の言葉で機械の画面を覗き込む一同。

〈魔素：1000〉

「本当だ。しかもさっきのやつより多いじゃん、やるな！」

俺がそう言って三上の背を叩くが――

「まあ、これくらいは」

三上はこちらを恨めしそうに睨む。

「なんだよ、さっき仲間はずれにしたのは悪かったたって。角煮まん食うか？」

「食う」

不満そうにむっしゃむっしゃ食べる三上。

司さんは、それを羨ましそうに見つめていた。

その手には、エルフ御用達の栄養食が握られていた。

食べてもなんの味もしない、あれだ。

システムを理解した田代さんが、だが……と続ける。

「魔素はともかく、こちらには貨幣がなくてね。魔石や追加の魔素での支払いになってしまうが、大丈夫だろうか？」

「魔石ですか？　そっちはそっちで欲しがる奴がいるので、個人的に嬉しいですね。委員長、それくらいは換金してもいいんじゃね？」

俺は委員長に話を振った。

「ええ、その分少し割高でいただきますけど、よろしいですか？」

委員長もここでの薫の交渉術にあてられて、少し強硬な部分を見せるようになっているな。

すでに大金持ちではあるのだから、そんなに気にしなくてもいいと思うけど……

その後、ドリュアネス組と互いが満足できるレベルを模索して交渉成立。

溜まった魔素量は八万ほど。

ついでに夏目の研究用にと数匹モンスターを送ってプレゼントした。

でもこれだけ増やしてもいつなくなるかわからないから怖いな。


「さて、阿久津君の能力を堪能したところで、先延ばしとなっていた先ほどのプレゼンの続きをしようか。フェルも待たせてしまって悪いね？」

「いつものことです、マスター」

そう言いながら、フェルさんが俺たちの前に貯蔵品を並べ始めた。

その中にあったのは、スイーツに欠かせない数々の果物類。

「栗、みかんにさくらんぼまで！」

「無花果に梨、葡萄までありますわよ！」

女子たちの食いつきようが違うことからも、欲してやまない素材であることは確定。

姫乃さんのあんみつもこれで完成かな。

「実はこれらは入手したはいいものの、量産が叶わず凍結保存していたものなんだ。しかし阿久津君に渡せば、今後魔素の提供のみでいつでも再入手できるんじゃないかと思ってね。こちらが欲しい時に無償で送ってくれれば、このオリジナルを託したい」

土が合わなかったのか、それとも別の要因か。

ササモリさんほどの努力家の力でも、これらの栽培には至れなかったと語る。

「このガチャが力になるなら……」

そう言って俺は早速投入した。

そして〈素材復元〉で取り出したときにどれほどの魔素が必要かをメモして渡した。

希少価値というのもあったのか、思っていたより結構高くついた。

栗は五十、みかんは十五、梨は二十、無花果は三十。

どれも調味料や化粧品相当の消費量。

これは無駄使いできないなと思ったところで、ササモリさんが顔のサイズほどの特大魔石を持ってきた。

「こちらで出せる最上級の価値あるものになるかな。君たちにとってどうかはわからないけれど」

「いいえ、俺たちなんかより長い歴史を紡(つむ)いだドリュアネスの貨幣ならば、きっと驚くような価値になりますよ」

「だといいんだが」

そしてガチャに特大魔石を注ぎ込むと、新しい反応があった。

〈条件を達成しました〉

〈ステータスガチャに【スキル付与ガチャ】が追加されました〉


続いて説明が頭に流れる。

魔石を投入して、スキルもしくは魔素を引き当てる……か。

ここにきて魔石で回せるガチャが追加された。

しかし今更スキル付与って言われてもな……何が出るかわからないともなれば、正直俺たちは今持っている天性で事足りそうだ。

夏目のマテリアル武器ができる前にあればよかったけど、現状魔素ほど魅力を感じない。

むしろ魔素狙いで回して、スキルがハズレ枠とすら考えてしまう。

登場するタイミングを完璧に逃した新機能だった。

「雄介、もしかしてまたガチャの機能が増えたの？」

付き合いの長い薫に隠し事はできないな。

というか、俺の動きが止まった時は、これまでも大体ガチャに異変があった場合なので、その傾向からバレバレの可能性もあるが。

「またステータスが上昇する系？」

話を聞いていた委員長が加わった。

杜若さんや三上もこちらをちらちら窺っている。

俺はいったん、ササモリさんに時間をもらうようにお願いして、薫たちを部屋の隅に集めた。

そして再び話し始める。

「いや、ステータスじゃなくて超低確率でスキルが獲得できる。ハズレ枠が魔素還元」

「つまり？」

「魔素狙いで回して、スキルがでたらハズレとも言い換えられる」

「あー……ね。正直スキルは夏目君のマテリアル武器で事足りてるし」

「でもスキルを欲しがる子もいるんじゃないの？」

「いや、でもさ委員長。正直この天性を授かった時点で、俺たちが戦闘向きかサポート向きかは大方知れたと思うぜ？　そう考えたら、スキルを欲しがるのも一部の人間だけだろ」

「確かに私は戦うより知的欲求を満たす傾向にあるけど……」

「委員長みたいに自分の興味や向き不向きで天性が与えられている人、多いんじゃないかな」

「なるほどね」

うちのクラスの半分は戦う力を得たけど、もう半分は全く別のサポート向け。

平和な日本で暮らしてた俺たちが、いきなり武器を持って戦えって言われて、すぐに戦えるわけがない。

「わたくしも戦闘は苦手ですね……」

「僕も戦いよりもお金を稼がなくっちゃって意思が強いかな？　ハッ、もしかしてこれって天性による洗脳だったり？」

「変なこと言うなよ。お前は前からケチだったろ？」

薫は舌を出して誤魔化した。

あわよくば天性のせいにして自分を誤魔化しても、お前の腹黒さは今さら隠しきれないぞ？

ひとまず薫や委員長、杜若さんが同じような考えでいてくれてよかった。

もし薫が言う天性が所有者の性格を左右する話が本当だった場合……

俺たちの視線は自ずと三上に向いた。

「なんだよ、俺だって別に剣の道を極めたいまでは思ってないぞ？　ただ、ウチは貧乏で大家族だからな。鍛えることでそっち方面の仕事について、家族の分まで俺が稼がないといけないとは考えているが」

「家族想いなんだな。兄弟は何人いるんだ？」

兄弟が多いとはクラスメイトから聞いていた。

俺が感心したように言うと、三上がサラッと答えた。

「妹が三人だな」

「「「え!?」」」

俺たちは揃って驚愕した。

三上は俺たちのリアクションを見て、何か驚かすようなことを言ったかな？　みたいな表情で首を傾げた。

　委員長が最初に口を開く。

「……なんとなくだけど私、三上君のこと誤解してたかも、ごめんね」

「僕も」

「？？？」

　続いて薫も軽く頭を下げた。

　俺と杜若さんの頭にはクエスチョンマークが並ぶ。

「薫？」

「もー、雄介ってば鈍いな。普段彼は女子から非常に人気があるでしょ？」

「いやー、最近はそうでもないんじゃ……」

「最近はね。でも昔は意外とモテてたよね？」

「うーん、ちょっと思い出せないけど、リーダーシップはあったように思う」

「まぁ、それでもいいけど。とにかく彼は若干女子慣れしている節があるなと思ったけれど、それは家で妹たちの相手をしているからなんだなって腑に落ちたんだよ。この話を聞くまでは、女子によく囲まれているし、顔も整ってるから、勝手にイケメンクソ野郎って思ってたんだけどね」

　あぁ、薫たちの思考がわかった。

　まぁ、確かに、最初の頃は女子慣れしててイケメンだし、勝手にクラスカースト上位組に位置付けていたように思う。

今はメッキが剥がれて自分勝手なバトルジャンキーだから、すっかり俺の中でその頃の印象が薄れていた。

時の経過というのは残酷だ。

と、そこまで話したところで、三上が突っかかる。

「ちょっ、冴島！　お前俺のことそんな風に思ってたのか？」

「クラスの男子のほとんどは君のことそう思ってると思うよ？」

「ガーン」

あ、こいつガーンって口で言った。

そんなにショックだったのか？　あまり周囲からの見られ方とか気にしない奴だと思ったけど。

俺は薫がこれ以上ヒートアップしないようにまとめる。

「そんないじめるなよ。それで、俺たちの印象と三上の実態が違ったってことだろ？　誤解がなくなったんならそれでいいじゃんか」

だが、三上は今度は俺に突っかかってきた。

「阿久津も！　お前も、俺のことそう思ってたのか？」

「そこはノーコメントで」

「思ってたんだな!?」

肩をがっちり掴んで目をしっかり合わせてくる。

はっきり言ったらショック受けるのがわかったから、ノーコメントって言ったのに、面倒くさい奴だ。

「雄介、それは答えちゃってるよ」

薫がため息をつきながらそう言った。

ちなみに委員長曰く、俺たちが女慣れしてると捉えていたのは、女系家族の影響で、現実を知って〝見慣れている〟だけだからとか。

ガチャの話からすっかり脱線してしまったな。

皆で三上に頭を下げながら、俺たちはササモリさんのもとに戻るのだった。


「お待たせしました！　ガチャの件で色々話してましして……」

「いいよいいよ、それじゃあ続きをお願いしていいかな？」

ササモリさんの言葉で再びガチャの設定を始める。

俺には一つ試したいことがあった。

俺がガチャの台をいじっていると、委員長が声をかけてきた。

「阿久津君、今度は何をするつもり？　このスロット台みたいなのは？」

「これは〈スキル付与ガチャ〉の装置化を念じたら出てきた。さっきの〈素材解体〉の方で〈任意設定ガチャ〉が俺のスキルを反映させられることはわかっただろう。だから、〈スキル付与ガチャ〉も設定できると思ったんだ」

「それでどうするの？」

「もし魔石を魔素に変換する機能をそのまま〈任意設定ガチャ〉の対価に使えるなら、自分の中に溜めた魔素を直接いただいて商品を提供できるかなと思って……ほら、ドリュアネスじゃ貨幣が魔石じゃん？　でも魔石の価値は俺たちでは正確にわからない。こっちにはこっちの価値があるからこそ、魔石を魔素に変えて買えるようにしてみた」

「それでうまくいきそうなの？」

「設定の方は完了したよ。あとササモリさん、ごめん。さっきもらった魔石、魔素にしちゃった」

「それは構わんよ。ここで採掘できるからな」

ササモリさんが微笑む。

「それならよかったです。じゃあこちらのスロット台に魔石を投入後、魔素が獲得できるか試してもらっていいですか？」

「む？　魔素の数値を見ることができると？」

「その数字が貨幣の代わりの基準になればいいなって」

「面白い試みだね。私たちはマナ以外の魔力素を知らないが、それを摂取できるのならば、進化の可能性もありそうだ……でもどうなるか怖いので小さめのもので試させてもらうよ」

ササモリさんが拳大の魔石を投入すると、スロットが回り出す。

小さめと言いつつも、俺たちからすればかなり大きく感じた。

数秒待ち、回転が止まると、等級が発表される。

〈五等：魔素＋1000〉

「これが魔素か。マナとは大きく異なるのだな。全く違う要素を体の内側に感じるよ」

ササモリさんが自分の手のひらを見て不思議がっていた。

「ではこちらの〈任意設定ガチャ〉から購入してみてください」

「何か吸われていく気がするね。みかんひとつで軽い目眩を覚えるよ」

「みかんは魔素の消費が多めなので、吸われている感覚が大きいのかも。でも目眩っていうのは、変だな。俺はそういうの一切ないですよ？」

「きっとこれは我々エルフだからこそ感じる要素なのかもしれないね。新しい発見だ。もしかしたら私たちはこれを摂取することで、アレルギー反応を起こしにくい肉体を得ることができるかもしれないよ。早速研究テーマに取り入れよう」

ササモリさんが何かやる気になっている一方で、千歳さんがガチャを回していた。

「あーん、なんで私はよりによってスキルが！　魔素が欲しかったのに～」

ドンマイと言うべきか、ビギナーズラックでスキルを当てている。

「どんなスキルなんです？」

「うーんと、〈影分身(かげぶんしん)〉だって。次こそヘアオイルを買うために魔素を！」

その動向を眺めるドリュアネスの面々。

「えーい！　やったぁ、魔素が来たわよ。これでヘアオイルを買えるわねー、って、あら？」

今度は魔素を手に入れたようだが、すぐに〈任意設定ガチャ〉へと進まず、動きを止めた。

この状況は……俺と一緒だ。

予想外のことが起きたら立ち止まるパターン。

「千歳君、どうしたの？」

田代さんが尋ねる。

「えーと、魔素を使ってスキルを強化しますかって出たんですよね」

なんと、スキルと魔素の結びつきはここにあったか。

俺だけだったら絶対わからなかった。

「これは……スキルもモノによっては当たり要素なのかな？」

「んー、別に俺らは使わないので、ドリュアネスで活用してください」

「君がスキルに興味を示さない理由は、ステータスの底上げを握ってるからかな？」

田代さんは圧を感じる微笑みを俺に向けた。

しかし俺は横に首を振る。

「そういうんじゃなくて、俺は戦い自体したくないんすよ。もし今以上に戦う力を得たら、勘違いしちゃいそうで……それを鍛え上げることに夢中になって、今の俺からかけ離れるのが怖いんです」

「阿久津……確かにな。俺は剣道以外の能力を得てもう高校生には戻れそうもない」

三上が寂しげに笑った。

「三上は最初からそんな感じだったじゃん？」

「そうそう。クラスにいた時からなんでも自己完結しちゃってたし」

俺と薫がそれを否定した。

こっちに来たってお前は変わってないぞ、という意味を込めて。

俺たちのために鍛えてくれたことを知っているからな。

俺が三上の胸に拳を置くと、彼は照れくさそうに頷いた。

「そうだな……励ますつもりが励まされてしまった」

「阿久津君たちのクラスはみんな仲良くて羨ましいな」

田代さんが微笑ましげに俺たちを見る。

「本当なー。ここまで一致団結してるのも珍しいぜ？」

高田さんも感心しきりだ。

「いやぁ、能力で選手と補欠に分けられた時は、結構ギスギスしてたぞー？」

「じゃあ、阿久津の能力で溝（みぞ）が塞がったってことだな。ステータスの底上げだけじゃなく、日本食を再現したり、能力差関係なく分け隔（へだ）てなく声をかけてクラスを一つにまとめたりな。本当なら俺が担うべきだったのにさ」

三上が反省するかのように言った。

「なんだよー、俺が邪魔だったってことか？」

「いいや、むしろ逆だ。元リーダーとして不甲斐なさを痛感してたんだよ。力だけで引っ張っていくのは違うんだなって、お前を見ていて気がついた。実際はさ、薄々勘づいていたんだ。俺一人が強くなったって意味がないって。だからな、クラスを引っ張っていけるのは、全員の能力を底上げできるお前しかいないんだよ、阿久津」

「いや、俺はお前がみんなを引っ張ってくれるから、安心して好き勝手やれてるんだぜ？」

そうなのか？　と尋ねる三上に、そうだよ！　と言い返す。

「そもそも、みんなが俺を頼ってくるのはガチャありきの話だからな？」

「それは絶対にないと思うが」

「はい、それじゃあおおむねの懸念は解決したということで、話を進めていい？」

完全にドリュアネスの面々を置いてけぼりにしてしまった。

田代さんが話を戻してくれる。

「まずはこの魔素変換のスロット。こっちは色々検証しておくよ。魔石はいろんなルートで手に入るから、変換効率もいずれわかるだろう。あとはこの〈任意設定ガチャ〉。これもありがたくいただくよ。用途不明の物に魔石を使用するという理由じゃ、いずれ元老院からお咎めを受けると思うから……この二つがあれば説明できるだろう」

「あー、魔石って本来用途が限られるんですね？」

俺の確認に田代さんが頷いた。

「そうなるね。現状魔素が必要な場合はこちらを活用する感じだ」

「あ、じゃあ〈解体ガチャ〉も置いときます？」

「君はなんでもできるね」

いや、流石になんでもはできない。

〈解体ガチャ〉をいそいそ設置したら、田代さんは少し疲れたような顔で笑っていた。

司さんが早速置いてあったモンスターの死体を載せる。

魔石は出ず、討伐部位が現れた。

「残念でしたね、魔石は三等からです。特賞だと魔石＋おまけが貰えますよ？」

俺が説明すると、司さんは開き直って言った。

「僕の運の悪さを笑わば笑え！」

「ギャハハハハ！」

真っ先に笑ったのが、高田さんだ。

討伐モンスターが二束三文の素材に変わった司さんを指差して大笑い。

鬼だな。

その二人のやり取りを見て、薫が苦笑した。

田代さんが間に入ってとりなす。

「はいはい、勝手なことをしないの。阿久津君もウチにそんなに提供してくれていいの？　もっと自国の強化に使いなよ？」

「検証も兼ねているので」

「なるほどね」

「ちなみにさっきもグルストンに設置したガチャのおかげでレベルが上がって、こちらで色々試せました。この能力は未知数なので検証ありきなんですよ。ぶっちゃけ俺が一番この能力に疎い(うと)んで」

「自分の能力なのに？」

「ええ、あんまりにも用途が多すぎて、委員長に管理してもらってるのが現状です」

「管理してます！」

委員長が眼鏡を押し上げた。

管理者がいるのか、と苦笑いする田代さん。

まあ自分の能力を管理してもらうって普通滅多にないもんな？

「阿久津さんの能力は私たちにより良い暮らしをもたらしてくれる物なので、喧嘩にならないようにしているんですよ？」

杜若さんがフォローに入る。

「なるほどね、人気者は辛いってわけだ」

「ま、そんな感じっすねー」

俺の反応にみんなが笑った。

そのまま俺はササモリさんの自宅前にも〈任意設定ガチャ〉を設置した。

約束通り、みかんや栗、無花果などの素材をいつでも取り出せるようにしておく。

こちらは対価を魔石とした。

〈魔石ガチャ〉を設置してもいいが、他の元老院のメンバーが訪ねてくることを考えたら、魔石の方が目を付けられずに済むのでは……という話だ。

魔素の摂取の検証はササモリさんが単独で進めてくれるということになった。

「本当に何から何まで、世話になったね」

ササモリさんが頭を下げた。

「何言ってるんすか、ウチの王国の国民を率先して引き受けてくれたからこそですよ？　俺たちが強くなっても国民全員が強くなったわけじゃない。ドラグネスの厄災龍っていうのは腕の一振りで大勢の命を屠るって話じゃないですか。それからグルストンの民を守ってくれるのだから、これくらいさせてください。王様に代わって」

「なんて言うか、君は随分と気持ちのいい少年だな」

「そうですかね？　普通じゃないですか？」

「いいや、普通そこまでの考えに及ばないよ。君くらいの年代だと、もっと自分の欲に忠実だ」

ササモリさんの視線が司さんに向き、司さんが自分の後ろを振り返る。

いや、間違いなく司さんのことだと思う。

健一さんや香川先生、田代さんも即座に司さんから離れる。

「僕です？」

「そう、君。お肉欲しさに脱走した君以外に誰がいるの？」

「いやー、あはは。もう終わった話じゃないですか」

「私の権限で不問にしたけどね、あれは一歩間違えたら死罪に処されていてもおかしくないよ？　なんせドリュアネスの秘匿事項を暴露したんだ。もしマナポーションの持ち帰りがなければ……」

ササモリさんは手刀を首の近くまで持っていき、シュッと横に切った。

その場で尻餅をつく司さん。

それを覚悟してたんじゃないんか。

「いや、あんなエルフ飯で満足できる訳ないのはわかりますよ？」

その一言に反応し、司さんが助けを求めるように俺を見た。

「そうだろ！　阿久津君はわかってくれるよな！」

「でも精霊機乗り回すのはないっす。健二さんの制止も聞かなかったらしいじゃないですか？」

「いや、あれはあの坊主と飲んだくれが悪いんだって！　僕は被害者なのに！」

シグルドさんと木下か。

「それでも、秘匿事項を暴露したのは司さんですよね？」

「……」

視線が横に揺れる。たしかにその場では被害者だったが、キレて手を出したのは他でもないこの人である。

おかげでサーバマグの港は壊滅し、グルストン王国の被害額も鰻登り。

俺たちとしてもこの人に対して思うところがあった。

「その、もうしませんから勘弁してください！」

「と、こんな感じでウチの勇者が世話になったからね。だから、うちとしてはグルストンを援助する必要があったんだ。これくらいはしないと、国の体裁が悪いのさ。余計なことをしてくれたと声を上げた元老院メンバーもいるけどね」

ササモリさんは、司さんの尻拭いをしてもらった恩返しに国民の避難を買って出てくれたのだ。

普通ならそこまでの恩義は感じないだろうに。

「それ以前に、君たちとの交流を切るのは惜しいと思った。私の千五百年で得られなかった物が君との交流で手に入ったように。ドリュアネスも変わっていかなければならない。そういう意味ではちょうどいい機会だったのさ。だからって、調子に乗られても困るけどね？」

ドリュアネスの勇者にしっかりと釘を刺しつつ、自らは成果を得たササモリさん。

天晴れである。

グルストン側からしても、非常にありがたい申し出だった。

国民に被害が及ばないと約束されていれば、襲撃に頭を悩ませずに済む。

衣食住を用意してもらって……

そこまで思い至った時、俺はハッとした。

「あの、ササモリさん」

「何かな？」

「こちらにグルストンの国民が避難した時に出される食事って？」

「あの栄養食だねぇ」

やっぱりか！

「いや、流石にそれは……」

三上ですら困惑していた。

「私たちエルフは効率を尊ぶからね」

「それが美徳なのはいいですけど、自分が避難する側なら俺たちもそれはきついっす。しかもこっちでは向こうのお金も使えませんよね？」

「使えないねぇ」

ダメだ！　表面上はいいことしてくれてるって感謝したけど、いざ本格的に避難が始まったら、この生活を嫌がる人も多いだろう。

命の危機に瀕している時に、そんな仕打ちをされたら、逆にドリュアネスに恨みさえ抱きかねない。

せっかく国同士が手を取りあったのに、断絶の危機すらある。

「待って、雄介。こういう時のための〈任意設定ガチャ〉じゃない？」

提案する薫に俺は聞き返す。

「グルストンの国民にドリュアネスのモンスターを討伐させるのか？」

ステータスの底上げができる俺たちだからこそ活用できるのだ。

「いや、そこにステータスガチャの実装を？」

「薫、国民にステータスアップガチャを使わせると？」

「ステータスガチャは私たちで管理してないと流石にまずいわよ？　それを独り占めする人も出てくるわ。その能力に至っては阿久津君だからこそできるというのもあるの」

薫の提案に、俺と委員長が反対意見を出す。

「普通はケンカのもとだもんな、それ」

三上も頷いている。

「それに、阿久津君が回すからこそ全員に恩恵があるけど、〈任意設定ガチャ〉が個人にしか効果がないものだとしたらどうなると思う？」

「一部の人が独占しちゃうよね」

「それこそ暴動に繋がるな……絶対に阻止しなくちゃならないか」

どうやら国民全員を保護するのは思った以上に大変みたいだ。

「あ、でも」

「どうした、委員長？」

「夏目君のゲームでこっちのモンスターを投影できるのよね？」

「そう言えばそうだな」

「じゃあ無理ない程度に司さんたちにモンスターを倒してもらって、〈任意設定ガチャ〉から商品を購入してみんなに皆に提供してもらえばいいか」

「そうだな」

司さんには償いの一つとして頑張ってもらおう。

5　合同訓練

「なんだよ、案外余裕だったな？」

俺――ドラグネス勇者のロギンは、部下と一緒にグルストンの街並みを歩いていた。

「そうですね！」

部下のザッシュが威勢よく答える。

しかし解せないこともある。

ドラグネスと違う平和ボケしたこの雰囲気だ。

「どいつもこいつも、この街が戦場になるなんて微塵も思ってねぇくらいの余裕面。いけすかねぇな」

「本当っすね。最弱国って割には、のんびりしてますぜ」

ザッシュが、いつの間にか串焼きを口にしていた。

「おい、お前一人だけ何食ってんだ。ボスに回せ、ボスに」

「ボスも食いたかったんすか？」

「俺が食いたいってよりは、みんなで分け合おうって考えはねーのか」

「アッハ、みんなで……なんて、ロギンさんの口からそんな言葉が出るとは思ってなかったっす」

俺は言葉ではなく拳を落とすことで返答した。

殴られたザッシュが特殊能力で空間を捻ることで、屋台の近くから手を出す。

仲間の数名に喧嘩をやらせて意識を向けて、その間にすんなりと数本くすねた。

まんまとせしめた串焼きの肉を、ロギンは三分の二ほど食べると、他のメンバーに渡す。

「意外とイケるぞ。作戦実行前に食っとけ」

「ふへへ、流石ボス。作戦が終わればもっと腹一杯食わせてくれるんだろ？」

「おうよ、まかしときな。が、その前に始末しとかなきゃいけねぇ奴がいる」

城下町をまっすぐ歩いた先にある王城。

俺はその先を見据(みす)えた。

「アリエル……お前はここにいるのか？」

「ボス？　俺たちの誘いに乗らなかった奴のことなんて、放っておきましょうよ！」

俺は部下の言葉を聞かなかったことにして、ただまっすぐ王城を睨みつける。

「アリエル、エラールは預けておくぞ。行くぞ、お前ら」

俺はそのまま歩みを早めた。

「あ、待ってくださいよボス！　ほらお前らも手伝えって」

「「ういっす」」

部下たちがザッシュに促されてついていく。

その途中途中でザッシュは店から食料や洋服をくすめながら、俺の後を追う。

部下たちの手癖の悪さを咎めることはない。

何故なら俺たちの生き方では、自分たち以外は搾取すべき対象だからだ。

「あれ？」

研究室にいた俺、夏目は監視カメラの一つに歪に捻じ曲がった空間を発見した。

雄介によって送られてきた新モンスターの解析が終わったすぐ後だった。

「なんだこの捻れ……いや、戻った？　何がどうなって？」

その直後、かつてない規模の縦揺れに俺はふらついた。

そして研究室の設備に異常がないかを確認した後、とんでもない問題が発覚して、俺は慌てて飛び出した。

「地震⁉」

「いや、こんな揺れはこの大陸に来て以降体験したことはない！」

木下が先ほどの揺れに驚く中、俺は声を張る。

「みんな！　大変なことになった！　クラスのみんなを呼んでくれ！」

「どうしたんだ？　そんなに慌てて。冷静沈着なお前らしくないじゃないか」

木下が、俺が慌てているのを見て驚く。

「原因はわからないが、俺の研究施設の障壁が破壊されてたんだ。もしかしたらさっきの揺れと関係あるかもしれない」

「それの何が問題なんだ？」

あぁ、そういえばゲームに登場させたモンスターが実際に捕らえたものだって、木下たちには説明していなかった……

俺は頭を押さえた。

そしてすぐに説明する。

「これはみんなには内緒だったが、実はお前たちが遊んでたゲームに出てきたモンスターは、実際に阿久津たちに捕まえてもらったモンスターなんだ！」

「ああ、なんか妙に動きがリアルだと思った。で？」

あれ？　なんだ、木下のこの余裕は。

俺は不思議に思いながら説明を続ける。

「その中には、グルストンにやってきていたドラグネスの侵略者が入ってるんだ」

「それってあの最後に出てくる？」

「ああ、ってなんか随分余裕だな、木下」

「いや、だって普通に倒せたぞ？」

「そうなのか？　三上抜きでも？」

「余裕だぜ？　なあ、お前ら」

「うん、っていうかさっき無傷で倒したばっかりだな」

「そうねー、攻撃は大味で当たれば怖いけど、当たらなければ問題ないわよね」

水野と姫乃さんも特に気にした様子もなくサラッと言う。

阿久津が三上を連れてドリュアネスに赴いている中、残った戦力でどれほど対抗できるかを懸念していたが、どうやら杞憂だったか。

とはいえ、この襲撃者が街に出たら住民たちに被害が及んでしまう。

俺は木下たちに指示を出す。

「あー、でも一応避難勧告は出しといて」

「オッケー。みんなに伝えとく。夏目は？」

「俺は王様たちに伝達するよ。あと、一応阿久津にも」

「わかった。それと……」

「？」

「別に倒しちまっても問題ないんだろう？」

「お前、それフラグだぞ?」

片手をあげて前を歩く木下に、俺は言い知れぬ不安を感じた。

だが、それを打ち消すように水野が肩を叩いた。

「昔の木下君ならともかく、今の彼はムーンスレイに行って変わったよ。大丈夫、オレたちもいるから。夏目君はデンと構えて王宮で待っててよ」

水野、節黒、姫乃さんが後に続く。

「私は、素直にドリュアネス側に避難しとくわ。案内とかしておけばいいかしら?」

「よろしく頼む。向こうにも顔見知りがいた方がいいから」

料理人の坂下さんが木下の背中を見送って、例の非常口から一足先に向こうへ渡る。

「さて、俺も」

俺も研究室から逃げたモンスターを取り戻すべく王城を後にした。

「え、捕まえたモンスターが逃げ出したって?」
以前司さんから借りた通信ツールを通じて俺、阿久津のもとに夏目から連絡がくる。
もしそれが本当のことなら大変だ。

だが夏目の口ぶりは一応連絡したって感じで、それほど緊急性を感じなかった。

モンスターをまた捕まえなくちゃいけないのが面倒ぐらいにしか考えていないのか。

「くそ、俺がいない時に……」

三上が後悔の念に駆られて呻く。

むしろ三上の方が事を重く捉えている。

こいつは本当にタイミングが悪いよな。

グルストンにいる時は平和なのに、いない時に限って襲撃を受けるなんて。

「すみません、俺行ってきます！」

いてもたってもいられない。

そんな表情で、三上はドリュアネスの皆さんへと声をかけた。

「待って、討伐よりも住民の避難が先よ。阿久津君の送ったモンスター程度なら、クラスのみんなでも対処できるわ」

委員長は冷静だ。

「三上、お前はもっと状況を見極めた方がいい。俺たちは戦いのためだけにいるわけじゃない」

「いや、でも国がピンチの時にじっとしていられないじゃないか」

「そりゃ俺だってじっとしてはいられないさ。だが、俺らはここでやるべきことがある。もっとクラスメイトを信じようぜ？」

「わかった。でも主犯が見つかり次第……」

「そん時は頼むぜ？　俺たちもサポートする」

「ああ、心強いよ」

ようやく三上が落ち着いたタイミングで、田代さんが声をかけてくる。

「行くのかい？」

「来たばかりであまりゆっくりもしてられませんでしたが」

「仕方ないさ。またいつでもこっちに遊びにおいでよ」

「はい、また寄らせてもらいます。あ、向こうへのゲートを開いてもらってもいいですか？」

「ああ、大陸間移動はここじゃできないんだ。出航用のゲートに一度行く必要がある」

田代さんは腕時計型のコンソールを何やら操作すると、足元に転移陣を作り出した。

「ここに入って、通路をまっすぐ行って右だよ。司君、ついていってあげなさい」

「了解。田代さんは？」

司さんが俺たちと一緒に転移陣に入る。

「元老院に掛け合って、私たちも応援に行けるように手配しておく」

「え、すぐに行けないんすか？」

「つい先日、勝手に出撃した君の罪は、罰が下されていないだけで問題視されているからね。他国への出撃には少々時間がかかる」

「あ、はい」

「俺からもお前の刑を軽くするよう声掛けしておくから、先にお勤めを果たしてこい」

高田さんが笑って言った。

そのまま俺たちは、司さんの案内でグルストン行きの連絡通路へと辿り着く。

「じゃあ俺たちは一旦帰ります。司さんもお元気で」

「今日来たばかりですぐに返すのも忙しないけど、本当に今度来た時はゆっくりしてってくれよ？

今度はうまい握り飯食わしてやっから！」

別におにぎりはガチャからでも出せるとは言わなかった。

「熱い人だったな」

司さんのことだろうか？

三上が他人を褒めるなんて、明日は槍でも降るのか？

「あの人の場合、自分の罪を帳消しするのに必死なんだと思う」

「冴島さん、あまり図星をつくものではありませんよ？」

薫も杜若さんも揃ってひどいな。

司さんだって、食べ物がかかわらなければ優しいし、いい人だぞ。

襲撃の報を聞いてからずっと押し黙っていた委員長が顔を上げる。

ずっと難しい顔をして、どうしたというのか？

「ねぇ、夏目君はモンスターが逃げたと言ったけど、彼の研究所は私たちのステータスでも傷ひとつつかない強度を誇っていたのよね？」

そういえばそうだ。

そもそも絶対に逃げさせない自信があるからこそ、俺たちが国を留守にしても問題なかった。

なのに逃げ出した？

「委員長は夏目が俺たちに何かを隠してるって言いたいのか？」

三上が尋ねた。

「わからないわ。でもただのモンスターが逃げただけなら、私たちに連絡しなくてもカタをつけられると思うのよ。そりゃ、さっき捕まえたドリュアネスのモンスターがグルストンの城下町に放たれたら大変よ。でもクラスメイトなら、それだって赤子の手をひねる程度に片付けられると思う」

「ならどうしてそんなミスを？」

気になることは多いが……

俺は委員長と三上の話に割って入る。

「言い合いは後だ。まずは逃げたモンスターの処理。ついでに首謀者をとっ捕まえようぜ？」

「敵の特徴は？」

薫が聞くが、その辺の詳細は、夏目は何も言わなかったな。

「まず敵っているの？　夏目君のうっかりの可能性すらあるのよ？」

「それを論議するのは住民の避難を終えてからってな！」

ゲートの光が大きく輝き、それが収まる頃に俺たちは見知ったグルストン王国に到着していた。

「夏目！」

「夏目君！」

俺と薫が手を振りながら、夏目に近寄った。

「来たか、阿久津たち」

「夏目君、モンスターが逃げたって本当？」

薫がさっそく本題を切り出す。

「冴島か。ああ、本当だ。何者かに研究所の壁を破壊された形跡を発見した。俺の設計に間違いはないはずなのに、物理も魔法も捻じ曲げて穴を開けたとしか思えない。そんなことをしてくるのはまず間違いなく敵のすることだろう？」

「お前の致命的ミスではないのか？」

三上がそこで夏目にツッコミを入れた。

しかし普段からそんな感じなのか、やたら雰囲気は親しそうだ。

「そんな訳あるか」

文句しか言ってないのに、お互いにニタリと笑っている。

「三上って夏目と仲良かったんだ？」

「こいつはご近所さんでな？　うちの妹たちともよく遊んでくれたんだ。俺が牛乳の配達員をしてる時も手伝ってくれたりな」

「腐れ縁だよ。俺のモテ期はこいつに全部奪われた。そのくせ全員にお断り入れるんだぜ？　おかげで俺もまとめて女子からあまりよく思われていない！」

「な、それは俺のせいではないだろう！」

その後も腐れ縁トークを続ける夏目と三上。

こいつら、非常事態だというのに……

やっぱりそんなに大したことないのか？

「それで、何が逃げた？」

「ああ、今木下に対処してもらっているが、厄災龍と呼ばれるドラグネスの四天王の二人が行方不明だ」

待て。それってムーンスレイ旅行に出かけた時に仕掛けてきたあのお姉さんか？

「アリエルは？」

彼女がそれを知ったら、因縁のある相手を前に一言言わないわけがない。

俺がいないから、もしかしたら既に暴走してたりして……

「あたしが何？」

だが、アリエルは呑気にアイス大福を口に運んでいた。

エラールも一緒だ。

あれ、二人とも随分とのんびりしているな。

「いや、厄災龍って、あの水を操る龍のお姉さんだろ？　前会った時はアリエルは随分怯えていたみたいじゃないか。そんな人が逃げたって割には、随分余裕そうだからさ」

「あー……雄介は知らないんだっけ？」

「何がだ？」

「あの人、最近各国の勇者によって負け続きなの」

「どういうことだ？」

アリエルは一体何を言ってるんだ？

「そこから先は俺から説明した方がいいな。長くなるからゆっくり腰を落ち着けて話そう」

夏目にそう言われて、俺たちは食堂へと案内された。

そこで俺は〈任意設定ガチャ〉の前に行列ができているのを目撃した。

王宮の調理師たちである。避難先にカニクリームコロッケを持ち込みたいのだとか。

無駄遣いしやがって。

しかし、やたらレベルが上がる理由がわかった。

あのガチャの一件の犯人は、アリエルというより、こいつらだったのか。

流石に避難の誘導をした方がいいだろう。

俺は夏目たちから離れて、料理人に声をかけた。

「そのガチャは避難先にも置きますから、避難の方をお願いします」

「それは本当かね？　この目で見るまでは信じられない！」

この人は確か料理長だったか？　自分で作るって発想はどこへいった。

「俺がそのガチャの設置人ですから。一緒に行ってその場で置けば信用してくれますか？」

「ぐうう、ならば従おう」

俺はいつまでも避難しない食い意地の張った連中を、件（くだん）の地下シェルターに連行した。

ちゃんとガチャを設置すると、彼らは納得してお礼を言ってきた。

その時、見慣れない連中が交ざっていたのが気になった。

あれ？　王宮にあんな連中いたっけか？

冒険者の風貌（ふうぼう）で年恰好は俺たちくらい。

誰もその姿を咎めないいし、関係者なのかな。

使い方を料理長たちに軽く説明すると、俺は食堂へ戻った。


「悪い、少し時間食った」

俺が席に着くと、既にあらかたみんな話を聞き終えたようだった。

「話なら私が聞いておいたわ」

「流石委員長。で、夏目はどんなやらかしを？」

俺と委員長の会話に、夏目が抗議の声を上げる。

「待て、待て。俺にも釈明させろ。確かに言わなかったのも悪かった。前話したこの国のバリアと転送装置の話あったろ。あれを使って厄災龍たちを封じ込めていたんだよ」

三上に羽交い絞めにされながら、夏目が抗議した。

厄災龍を封じ込めた？

とんでもないことしてるな。

「委員長、判決は？」

「有罪よ、残念ながらね」

「違う！　俺は国の人たちのためを思って！　実際、ゲームに落とし込むことで、国に被害は出さなかったし、むしろ快挙だろう？」

まぁ、実際にゲームを使っていたアリエルの意見を聞いてから判断するか。

「アリエルはどう思う？」

「あたし？　まあ実際に戦える場を設けてくれたのは感謝ね。ガチャで底上げされたステータスのおかげもあるとはいえ、昔はあの人のことを無駄に怖がっていたみたい。最初はボロ負けしたけど、挑戦回数を重ねることで白星を上げられるようになった。エラールも、次戦えば勝てるって言ってるし……いい克服の機会だったわ」

「ほらー」

アリエルの意外なヨイショに夏目はここぞとばかりに乗っかった。

「でも、どうやって捕まえたのよ？　あれってそう簡単に捕まえられるものではないわよ？」

バリアの話を知らないアリエルは、そこが疑問だったようだが、そっちは俺たちが説明を聞いている。

まぁ二つ合わせたら有罪と言い切るのも……という感じだ。

「おーっす、阿久津。帰ってきてたのか」

そこで木下がB班を引き連れて帰ってくる。

以前王城で訓練していた時のメンバー構成をもとに、AとBの二グループあったが、今のB班は俺の代わりに節黒が入っている。

「厄災龍の動向は？」

夏目が最初に切り出した。

「一応町中探ったけど全然見かけなかったぞ？　誰かに攫われたんじゃねーの？」

「いや、そこまで遠くには行ってないと思うんだよ」

夏目の自信はどこから湧いてくるんだ？

「どうしてそう思うんだ？」

「この城下町全体に張った魔法陣はセンサーになっていて、ガチャの数値を除いた素のステータスだけが特定数を上回った者に反応して、俺のところに情報が流れてくる仕掛けなんだ。そこに反応が二つ。だからまだ城下町にいると思うんだけど」

「そういうのを早く言え！」

「って、木下はどうやって探したんだ？」

「そりゃ騒がしい場所を中心に……腹いせに破壊活動していてもおかしくないだろ？」

こいつに捜索を任せたのは失敗だったな、夏目。

ムーンスレイに行って一皮剥けたかと思いきや、考え方の根っこの部分が変わっていない。

「水野――お前がついていながら、どうなってるんだ？」

「阿久津君はオレをなんだと思ってんの？」

「え、そりゃ捜索とかはお前の十八番（おはこ）だろ？」

「そこまで信頼をおいてくれるのはありがたい限りだけど、身を潜めてる相手を索敵（さくてき）するのは難しいね。そっちの分野が得意なのは木村（きむら）君か錦さんぐらいだよ」

「木村って、天性が『軍師（ぐんし）』なんだっけ？」

「あー、いたね。将棋部（しょうぎぶ）の主将」

木村茂（しげる）。天性『軍師』を授かったクラスメイトで、薫の言う通り将棋部主将。

戦闘系スキルではないが、その知略の前には敵なし。

俺がガチャでステータス爆上げできるとなったせいで、頼みの綱の知力も何名かに越されて、お払い箱になった可哀想な奴である。

なお、委員長の『識別』に〈マッピング〉が加わったことで、下位互換扱いされて不貞腐れてる。

今一番光の当たらないクラスメイトだった。それでも木下よりはマシらしい。

「しっかし、脱獄を手引きした奴がいるとしたら、ドラグネスの勇者か？」

水野の言葉を聞いて、俺はアリエルに確認する。

「アリエルの知ってる奴か？」

「ロギンでしょうね、それができるのは。アイツとは昔から反りが合わなかったわ」

「勇者って言ってもみんながみんな協力的じゃないのな」

「お姉ちゃん……」

ロギンと聞いて、アリエルの後ろについていたエラールが震えていた。

確か精神操作を受けていたんだっけ？

アリエル曰く、そういう道具を作れる奴が仲間にいるそうだ。

最初は仲間意識を植え付けて、裏切ったら酷い仕打ちを与えて恐怖で縛る。

そうやって暴力で精神的に追い詰めて、心に隙を作って侵入するそうだ。

だからエラールは、アリエルに救われる前までロギンって奴に言われるがままだったようだ。

思い出したくないことが多いのか、年齢より少し知能が下がっているようだ。

年齢はアリエルの一つ下の十一歳。

シリスよりも年上と聞いてびっくりした。

「で、委員長は何かわかった？」

「急に言われても。でもムーンスレイで出会ったあの人なら〈マッピング〉に登録してあるわ。でも私のマッピングには反応がないわね」

「もうマッピング外に？」

夏目はじゃあこの反応はなんだ、と頭を捻った。

「とりあえず怪しい場所を探そう。杜若さんは〈精神安定〉を全域に。もしかしたら夏目の言う反応はダミーかもしれない。解除できるならそれに越したことはないし」

「はい」

杜若さんが頷く。

「僕は？」

「薫は、何か弱点とか見つけられるか？」

「相手もいないのに？」

「じゃあ夏目をいびる係」

「任された！」

後ろで三上に押さえ込まれている夏目が激しく抗議してくる。

「木下はシグルドさんへの連絡を頼む。もう動いてくれているかもしれないけど、酒飲んで寝てる可能性も高い。寝てたら蹴飛ばしてでもいいから起こしてきてくれ」

「お前、俺の師匠をなんだと思ってんだ！」

「え、酔っ払いの無駄飯食いだけど？」

木下は俺の言葉にワナワナと震えていた。

「とりあえず、アリエルはドラグネスの奴らに詳しいので、それらしい奴がいたら教えてくれ」

「わかったわ」

「エラールは来るのが大変なら来なくてもいいぞ？」

「……行く」

「そうか。アリエルはエラールを見ててやってくれ。杜若さんがいる限り滅多なことは起こらないと思うが、精神的ショックはステータスが上がってもどうにもならないことだからな」

「雄介に言われるまでもないわよ」

アリエルはエラールの手を引いて、杜若さんと駆け出した。

「よーし、じゃあちっと見回り行ってくる。あ、姫乃さんにはあんみつ置いていくな？　ようやくドリュアネスで完成に辿り着いたんだ」

「わざわざ悪いわね、こんな時に」

「いいのいいの、どうせ俺なんてこっちが本職だから」

そう言って、俺たちは王城を後にした。

「ここまで来れば安心か？」

グルストン王国から山を二つ超えた先で、俺、ロギンは一握りの部下とともに連れ帰った新戦力を振り返る。

何名かは途中で散り散りになってしまった。

「どうして妾を助けた？」

囚われの身となっていたアクエリアが、睨みつけるように俺を見上げた。

「助けたわけじゃない。お前はこれから俺の手下になるんだ」

「何？」

「おっと、お前に決定権はないぞ？　ロアミー」

「ハイっす」

「クッ、何を！」

厄災龍アクエリアの首にチョーカーが嵌められた。

漆黒（しっこく）のそれが一瞬赤く光ると、ロギンの持っていたアクセサリーが反応する。

「いい子にしてれば飴玉をくれてやるぞ？　そうら」

「ふむ、悪くない味だの。して、何が条件じゃ」

アクエリアは己が俺の術中にはまっているとは知らずに作戦指示を仰ぐ。

すでにウィンディの方には精神支配の術が掛かっている。

意外なことにアクエリアは、先ほどまでその術に屈することなく抗い続けていたのだ。

隷属のチョーカーを介して、ようやくその精神を弱めることができた。

「なぁに、お山の大将を引き摺り下ろすのにお前の力を借りるだけよ」

二人が完全に術にかかりきったのを確認して、俺は舌なめずりをする。

アクエリアはそれを不思議そうに見つめた。

委員長にメインの索敵を任せて城下町を探索するが、結局脱走を手引きした犯人と探している厄災龍は影も形も見つからず、俺――阿久津雄介は捜索を打ち切った。
夏目は折角のラスボスが！　と悔しがるが、データ取りとかしていなかったのだろうか？
「まぁ元気出せって。厄災龍は全部で四体！　つまりあと二体いるってことだろ？　そいつらが次にここを狙ってくる時に、今度こそ一部の隙もなくお前が完璧なシステムで捕らえればいいんだ。そうだ！　ちょうどお前のために俺も色々調達してきたんだぜ？」

早口で捲し立て、俺は夏目に新能力をお披露目した。

拳大の魔石を取り出して、こいつを早速〈任意設定ガチャ〉の中の設定に組み込む。当然〈スキル付与ガチャ〉だ。

設置した見慣れた自販機を見て訝しむ夏目。

設定してたのが食事のメニューだったから、今はそんな気分ではないと言いたげだ。

まぁ、ここからが今までとの違いだ。

「入れてみろよ、面白いことが起きるぞ？」

俺がそう促すと、夏目が石を投入した。

〈三等：魔素＋５０００〉

「入れろと言われたらやるが……ん？　なんだこれ？」

「あちゃー、外れたか。実はこれさ、魔石に秘められたスキルが獲得できるガチャなんだよね」

「俺のマテリアル武器と被るな？」

「ちゃんと被らない要素もあるから安心しろ。そこに魔素が関わってくる」

「ふむ」

「ちなみにこの魔素はただのハズレではなく、獲得したスキルのレベルアップにも使用できる。ここまではいいか？」

「魔素にそんな隠し要素があったとは知らなかった」

「単純に俺の天性での応用法が〈素材復元〉だったり〈素材合成ガチャ〉の付与効果だったりするんだよ」

「つまり、単純にこの魔素はお前の〈任意設定ガチャ〉での購入の際にも使えるし、自分のスキル育成にも使えると？」

「俺はそう考えているよ。これからは自分たちが魔素を溜め込んで、自分で消費する時代が来る」

「だいぶ便利だな」

夏目は先ほどまでのショックを忘れて、俺の説明に夢中になった。

「そこで夏目に相談がある」

「ここまで長い前振りの後に聞くのが怖いが……」

俺は夏目に、〈任意設定ガチャ〉を取り込んでブレスレットを作れないかという提案をした。

ドリュアネスの空間転移技術。更には王宮に詰め込むには無理のありすぎた研究所。その他必要なスペースに目印として〈任意設定ガチャ〉を置き、ブレスレットを持った者がいつでも自由に移動できたらかなり進化するんじゃないだろうか。

それを試験的にクラスメイトに配って反応を見たい。

俺の構想を夏目は瞬き一つせず真剣に聞く。

それをすることによって、能力の超強化……ではなく、俺のガチャをモンスターを倒せばいつでも使えるようにするのだ。

今までは頼まれたら俺が応答していたが、それだと俺自身の自由時間がなさすぎて辛い。

かといって最初の〈任意設定ガチャ〉のように通貨だけで交換するのも、魔素が枯渇するため厳しい。

ならば魔素さえ供給してもらえば、あとは自由に飲み食いできるようにしたらどうか？

「面白いな。実際に問題点はいくつもあるが、とりあえずやってみよう」

夏目はそう言って俺と握手を交わすのだった。


「阿久津、なんだか向こうで随分と活躍したらしいじゃないか？」

注意喚起しに行ったはずの木下が、シグルドさんとシリスを連れて戻ってきた。

話は聞いたぜ？　と訳知り顔だ。

夏目が先駆けてあらゆる場所に例のゲームを提供していたことで、木下とシグルドさんの共闘が実現。

そして、ドラグネスの将軍ポジである厄災龍を撃滅したらしい。

さっきは時間がなかったけれど、どうしても俺に聞いてほしかったんだとか。

こっちで活躍しているようで何より……と反応すると、今度はシグルドさんが俺の腕を掴んだ。

「聞いたぜ？　ガチャに新しい機能ができたってな」

ムーンスレイの勇者の一人、シグルドさんが意味深な笑みを浮かべる。

前回、ムーンスレイからの使者としてやってきたはいいものの、すっかり俺のガチャから出てくるアルコール類とつまみに心奪われたおっさんだ。

シリスは親代わりのシグルドさんに育てられているちびっ子だ。

アリエルよりも年下で、エラールが来る前は実の姉妹のように振る舞ってた。

けどエラールがぴったりくっつくようになってからは、シグルドさんと一緒にサーバマグの警戒に当たっていた。

「どこから聞いたか知りませんが、ここと同じような仕組みにはしませんよ？」

俺は先んじて釘を刺した。

「チッ！　ケチ臭い真似すんなよ。俺とお前の仲だろー？」

「ちょ、引っ付かないでくださいよ。そもそも俺がシグルドさんとどんな交友を結んだって言うんですか！」

木下が頭を下げて言った。

「阿久津、兄貴がこう言ってるんだ。融通してやってくれよ！　俺からも頼む！」

「どうせ遅かれ早かれ、お披露目することになるからなぁ……まぁ、いっか」

ここまで暑苦しく頼み込まれたんじゃ、無下(むげ)にはできない。

「よーしよしよし！　やっぱり頼れるのは弟子と勢いだな」

シグルドさんが勝ち誇った顔をした。

全く調子だけはいいんだから。

「でも、メニューは六品までですよ」

「おい、それだとアルコールだけで半分埋まるだろうが！」

「たこ焼きで一品埋まるので、残り二個しか枠がないですね？」

「くそー、完璧に思考を読まれてるぜ！」

シグルドさんの思考なんてこっちには手に取るようにわかる。

「シリスは何食いたい？」

「蕎麦を一つ貰おうか！」

ん？　ここにはいないはずの声が聞こえたな。

振り返ると、ムーンスレイ幹部のノヴァさんが腰に手を当てて立っていた。

ノヴァさんの姿を見て、シグルドさんがひたすら嫌な顔をする。

「こんな時に来んなよ」

「アホ、ドラグネスが本腰あげて攻めてきたと言うのに、のんびり期日まで待ちぼうけすると思うか？　滅びる前に合同演習しようっていうのがこちらの目的よ。先日届けられたシミュレーターという機械で、それらしいことはできていたのだがな？　つい先ほど通信障害とかで早々に打ち切られてしまった。これは何かあったなと急いでやってきたというのだ」

「あれ？　今日の今日で良く間に合いましたね？」

俺がドリュアネスに向かっている間に起こった障害の話だ。

しかしムーンスレイからグルストンへの航路は二、三日掛かるはず。

どう見積もっても日数が足りない。

「お前は行って帰ってきたくらいに考えているだろうが、ドリュアネスの視察から帰ってきたの、出てから五日後だからな？」

シグルドさんが衝撃の事実を口にした。

「は？」

いや、そんなまさか。

委員長も薫も杜若さんも俺と同じように困惑していた。

しかしアリエルと木下はシグルドさんに同意するように頷いている。

「もしかしてドリュアネスの技術で、私たちは時間がゆっくり進む空間にいたとかかしら？」

「そんなことあんの？」

「本人も言ってたじゃない？　エルフはその空間に引きこもって他国と干渉せずにきたと」

「そういやそうだけど。だからってそんなに経ってたら……だからあそこまでガチャレベルが急成長したって事なのか？」

俺は困惑しながらも、委員長の推理をもとに、ドリュアネスであったことを頭の中でまとめる。

「では、ドリュアネスの空間はこちらの数日を数時間で体験できる空間なのかしら？」

杜若さんの呟きで、彼らが年月を生きてる割に若々しいことに合点がいった。

向こうでの数週間が、こちらでは数年まで変わるのなら誰でもエルフのような時間感覚になってしまうだろう。

俺たちがいまだ信じられずにいる間に、ムーンスレイのガチャのメニューが決まっていた。

「おい、これで決定するのはやめてくれ。俺のウィスキーがー！」

シグルドさんが嘆くが、ノヴァさんと一緒に来ていたシグルドさんの上司・シュライフさんが笑って言った。

「多数決だ、シグルド。毎日浴びるのはビールまでにしておけ。代わりに腹を満たすメシを多く注文できていいじゃないか」

「ちょ、ボス？　俺の楽しみが！」

「ハッハ、今ここで恩を売っておけば、後々自分に返ってくるんだぞ？」

シグルドさんが割を食うことで、ムーンスレイの一団は納得いくメニュー構成ができたようだ。

そこで、ノヴァさんがそういえば、と話を切り出した。

「ここまで来たのは、件の通信阻害の原因について聞くためじゃったのだが。突き止めたのか？」

ノヴァさんの問いかけに、夏目は困り顔になった。

今度こそは大丈夫だと言って聞かせるが、ノヴァさんは不安が残るということで、王様と直接相談したいと言い出す。

その場の誰も異論はなく、話はまとまったのだが……

「って言うか、最初からそうすりゃよかったんじゃね？」

俺は素朴な疑問を夏目にぶつけた。

「あの人は俺から言質をとりたかったんだろうな」

「言質？」

「要は俺が大丈夫だと言って問題が発生したら、俺の発言を武器になにかと交渉しやすくなるだろ。弱みを握ってうまく役立てるって作戦だよ」

「意外と知的なんだな、ノヴァさんて」

「近くにシグルドさんやシリスがいたから、その能力が発揮できなかった？」

「その可能性はあるわね。思えばみゆりが一方的にやられてたのも、私たちの要があの子であると一瞬で見抜いたのも、今思えばあの人くらいよ」

委員長の指摘に「なるほど」と俺は答える。

「で、そのシグルドさんは？」

「向こうで酒盛りしてるわよ、城に残している貨幣だけで交換できる〈任意設定ガチャ〉も上手く使われてるわね」

委員長が食堂を指して苦笑いした。

あー、回収すんの忘れてたわ。

すぐに撤去して、再び戻ってくる。

これで俺の魔素が無駄食いされるのも抑えられたな！

「でもいきなり機械自体がなくなったら文句言ってくるんじゃない？」

「代わりにあの魔石を代価にしたガチャを置いてきた。ピンキリだが、魔素も僅かにだが含まれる。

俺にとってはウハウハだな！」

「それで回収した宝石を自分たちのガチャに使うつもりね？」

抜け目ないわね、とどこか嬉しそうに委員長はこちらを見るのだった。


食堂を出て、俺たちは夏目の研究所に集まった。

ノヴァさんは国王と謁見中で、三上も国王の護衛役としてついていった。

ドリュアネスに渡ってから肩の荷が下りたみたいに言ってたが、実際心配だったんだろうな。

もう侵略者に勝手な真似はさせないと、いつも以上に警戒心マックスで警備に当たっている。

ドリュアネス旅行がいい気晴らしになって仕事と向き合えているなら何よりだ。

夏目はといえば、再度モンスター捕獲の命を俺たちに伝えてくる。

懲りない奴だ。

「あのゲームって情報は取ってなかったの？」

薫が、俺が考えていたことを代わりに聞いてくれた。

「取ってはいたが、実際に生きているモンスターがいたらその方が良いだろ？　データは所詮データだ。思考を持って成長する要素までは持ち合わせていない。しかし生きているモンスターなら向こうも徐々に強化されて、より実戦に近付く。俺はそこを大事にしたいわけよ」

言っていることはわからんでもないが……

「その手の成長要素もデータに組み込めないのかしら？」

「そういう時こそ『軍師』の木村君に頼んだら？」

委員長と薫の指摘に夏目が頷いた。

「確かに……一応聞いてみるか」

こいつ、クラスメイトのことを忘れかけていたな。

数分後、夏目の研究所に木村が現われた。

「で、俺が呼ばれたんだ？」

「お前の力を活かす時が来た！　気張れよ？」

「阿久津は阿久津でなんなの？」

応援したつもりが、あまり効果はなかったようだ。

むしろ逆効果だったかも……

と、そこで夏目が思い出したように手を叩いた。

「そういえば、このタイミングでなんだが……頼まれていた時計タイプの端末は作れたぞ？」

え、早くない？　お願いしてから一時間も経ってないと思うが。

「こういうので良いんだろ？」

早速テレポート機能のついた腕時計を巻いて、ボタンを押す。

一から六までのボタンが割り振られていて、押した場所に応じて移動する。一番下の大きなボタンは元いた場所に戻る用だった。

これこれ、こういうのが欲しかった！

「雄介、それは？」

「ああ、実はクラスメイトが俺のガチャを個々に利用できるようにならないかと思ってさ。夏目に作ってもらったんだ」

「阿久津君、流石にそれは、由々しき事態よ？」

委員長が訝しむ。

「阿久津さんは良かれと思ってやったのでしょうが、それはわたくしも賛成できかねます」

委員長に続いて杜若さんまで反対意見を出した。

まさか真っ向から否定されるとは思わなかった……頼みの綱は薫のみだが？

「僕は使いもしないで否定するのもどうかと思うよ？　まずは雄介に詳しく聞いてみようよ。決めるのはそれからで遅くないと思う」

委員長はキレ者だから従っておけば失敗はないのだが、たまには俺も自分の能力を有効活用したい。

ここはひとつビシッと言っておかねば。

そう意気込んだはよかったが、やはり説明途中でことごとくツッコミや審査が入った。

まず〈素材合成ガチャ〉だ。

〈スキル付与ガチャ〉による魔素の獲得とアイテムの持ち込みで、ポーションなどを大量生産されたら、物価の崩壊を招きかねないとして却下。

代わりに魔素の支払いでの食料調達は可能とした。

〈ステータスガチャ〉は何故か許可が下りた。

以前言っていたように俺だからこそ周囲一帯に影響が及ぶが、個人で扱うならどこまでの範囲か、またはどの程度の上昇率か不明瞭なところがあるからだ。

なんなら全く上がらない可能性もある。

許可はするが、検証ありきだと言われた。

〈解体ガチャ〉は、〈解体術〉を持つ水野以外には重宝されるとしてＯＫが出た。

魔素変換については、〈スキル付与ガチャ〉で魔素を獲得可能になったのだから、必要以上に与えることはないと言われた。

俺だけの持つ味にしたらどうかと杜若さんからも言われて腑に落ちる。

俺はクラスメイトを優遇するあまり、自分の持ち味まで失うところだったわけだ。

「あとは〈進化解体ガチャ〉などは良しとしましょう。魔石次第でスキルの獲得も幅が生まれるわ。そもそもスキルと言っても取れる種類に幅があるじゃない？　合う合わないもあると思うのよ」

「それは思った。正直に夏目のマテリアル武器ありきで考えると、痛い目見そう」

夏目のマテリアル武器の強みは武器につく効果の方だ。ただのモンスタースキルの模倣(もほう)の他に、それをより効率よく扱う武器知識もついてくる。それが付属品のブレスレットだ。ブレスレットと武器で一つの効果を発揮した。

一方、俺の〈スキル付与ガチャ〉は強力なスキルを得られても使えない可能性がある。だったら魔素に置き換えた方がマシ。

使えるなら今の天性の方向を良くするやつがありがたいに決まってるもんな。

そして話がまとまると、夏目に転移場所の指定をお願いした。

委員長も一緒に説明に加わる。

夏目は頷きながら言った。

「なるほど、ステータスガチャの解放はありがたいな。阿久津たちに頼むと、その度に差が広がるだろ？　俺の天性はステータスが上がったとて、攻撃に一切割り振ってないから、なんの役にも立たん。が、同時に上がる知識の方がとても役に立つ。この研究成果はその賜物だぞ？」

「こればかりは阿久津君に頼むのとどれくらい差が出るかの検証を含めてだけど、これを機に知っておく必要はあると思ったの」

「クラスメイトで検証をすると？」

夏目の確認に、委員長は首を縦に振る。

「実際にはそうね。その上でキチッと対価ももらうから」

「ハハ、委員長には敵わないな。しかしそういう検証要素は好きな奴が多いから問題ない」

「それから〈任意設定ガチャ〉のスポットね。現状再現可能な料理にも対応するつもり。ここはどちらかと言えばレストランみたいな扱いになるかしら。テーブルも置いて、ランチにディナーになんでもござれ。クラスメイトの特権よね？」

「種類はいくつ置くつもりだ？」

夏目が委員長の言葉に興味を示す。

「あるだけ全部よ。ただし対価は魔素でいただくつもり」

「モノによっては結構取られそうだな」

「だからスキルを獲得するか、魔素を溜めておくかは各々の判断に任せるわ」

「それ絶対食事で無駄使いさせるのが目的だろう？　しかしクラスメイトにとっては念願の場所だな。次は？」

「お次は〈解体ガチャ〉よ」

「冒険者専用かな？」

「そうとも限らないわ。貴重な魔石を回収するためのスポットになるわね。そしてもう一つ、これは数を持ってきた場合に限るけど、進化させて上位のモンスター素材として解体させることが可能な〈進化解体ガチャ〉。これも置いておくわ」

「魔石目的か……」

委員長と夏目だと理解が早いから、話がスラスラ進むな。

「阿久津君はこのすごさをまるでわかってないけど、これって進化可能ならこの世に存在しないモンスターも生み出しかねないのよ？」

「ほう？」

委員長の言い分に、夏目が興味を示した。

「例えば夏目君は魔石をマテリアル武器に応用可能じゃない？　その進化形態を記録しておけば、そっちでお金が取れるんじゃないかと思って」

「ああ、そのモンスターの情報を売るのか」

夏目は意図を察したようだ。

「これの普及が進めば、欲しい人はそれこそいくらでも出すと思うのよ？」

「そうだな、そう思うならこれは必要だ。マテリアル武器の発展にも役立つ」

「でしょ？」

こうして委員長と夏目の直接会談によって、腕時計型転送装置はクラスメイトと、他に交流がある数名に配られた。

設置されたボタンは五つ。

上四つに食堂、解体ガチャの間、ステータスガチャの間、スキル付与の間。その下に元の位置に戻るがつく。

ステータスガチャは銅貨のみ対応している。

後は盗まれることがないように、生体認証によってプロテクトした。


個人でのガチャの運用が可能になって、最初に覚醒したのは木村だった。

さっそくステータスガチャの間にこもって、ステータスを爆上げしていた。

知識だけに偏ったおかげで、夏目に次ぐ変人になってしまったが。

その結果、パーフェクトな防衛装置を完成させた。

木村城と名付けられたその施設をゲームの舞台に盛り込んだら、クラスメイトから好評だった。

相手の思考を手玉に取って罠や地雷が設置してあって、えげつないつくりだ。

これは訓練にも活用できるだろう。

そしてグルストン全体の防衛システムもグレードアップした。

いわば、王国全体が要塞（ようさい）と化したわけだ。

次に襲来する厄災龍に同情してしまうレベルである。

「いやぁ、阿久津君。こんなすごいもの、いいの？　僕たちにこんな大盤振る舞いしちゃって」

続いて木下と節黒が俺に感謝を示してきた。

俺たちがいるのは〈素材解体ガチャ〉の間だ。

節黒とは普段あまり言葉を交わさないが、木下と一緒に行動してるうちに、最近は話すようになった。

「実は半分くらい持て余してた能力もあってさ、委員長はそれを使って各自パワーアップしてほしいみたいなんだよね。お役に立ったって言うなら、俺も提供できて良かったよ。お互い頑張ろうぜ？」

俺がそう言うと、節黒が微笑む。

「へぇ、どれも素晴らしい能力なのに、これまであまり使えてなかったっていうのは残念だね。でも僕は素材の入手が容易で今後重宝しそうだよ。特にこの〈進化解体ガチャ〉！　モンスターの素材を揃えるだけっていうお手軽さが良いよね。これってストックできるの？」

「溜めておくのは無理だな。一応クラスメイト全員が出入りするから。他の人が使ったらリセットされるぞ」

「それは残念」

「夏目に頼めばなんとかしてくれるかも。聞いてみるのもありかもな？」

「そうだね。お話を聞いてくれてありがとう。早速掛け合ってみるよ」

それじゃ、と言って別の場所へ転送される節黒。

せっかちなやつだ。

俺も見学がてら食堂に向かうと、そこには——

「これはヤッベェわ」

木下がピザをコーラで流し込みながら感動していた。

なお、コーラとは例のマナポーションのこと。

持っていかれる魔素は多めだ。

話を聞くと、シグルドさんをはじめとするムーンスレイ勢に集られて、一人寂しくここに来たらしい。

ふと自分の残り魔素量を見た木下が、顔を青くした。

「俺の気苦労がわかったか、木下」

「これが魔素が枯渇する気持ちか。マナ枯渇とは違うが、これもきついな」

どうやら俺とは違う辛さがあるみたいだ。

そういえばエルフも似たような反応を示していたっけ。

もしかしてこれ、マナの回復用ってだけで、魔素とは別扱いなのか？

「とりあえずポーション飲むか？」

「もらう！」

うめえ！　と言いながらごくごく飲み干す木下。

気分の悪さは収まったのか、ゆっくりと額の汗を拭った。

「少しは調子が良くなったか？」

「ああ、何故か知らんが魔素の枯渇には効かないみたいだな。相性が良くないのかもしれない」

マナ枯渇中に魔素があれば魔法を扱えるが、一度魔素で魔法を扱ってからマナポーションでマナを回復させたら酔ったという経験をしたことがあるみたいだ。

その時はほろ酔いどころか悪酔いしたらしい。

で、その悪酔い状態はポーションで回復すると？

謎が深まったな。

「魔素っていったいなんなんだろうな？」

「それは俺も永遠にわからん。俺のガチャは魔素でパワーアップしてるのは確かだし」

木下の呟きに、俺はそう返した。

「お前は酔っぱらわないのかよ！」

一人だけずるいぞ、と物申すがそれは俺に言われてもという感じだ。

マナを回復させるポーションを飲んで、逆に調子が悪くなるなんて俺も今初めて知った。

「どうやら天性や生まれによっては悪影響が出るっぽいな。魔法の使用でマナの代わりに魔素を使うと次にマナを行使する時にペナルティがかかるとか？」

「なんて理不尽な力なんだ」

「一度頼っておいて、そのあとすぐに用無し扱いされたから、不貞腐れて意地悪したくなったとか？」

「まるで魔素やマナに意思があるみたいな言い方だな」

「あると仮定してだ」

「まぁ、ファンタジーだもんなぁ」

ぼんやりと考える俺と木下の前を、アリエルとエラールが通った。

俺の前で足を止めて腕時計を見せてくるアリエル。

「雄介、これもらったんだけど！」

「お、アリエルとエラールももらったのか。良かったな！」

「アイス大福の値段が上がってたわ！」

あー、腕時計よりそっちが気になっちゃったか。

そういや、委員長が俺の値付けに異議を唱えたからな。これじゃあ安すぎるとかなんとか。

「そりゃ悪かったな。そのかわりに魔素でも払えるようにしておいたから」

「そっちも試したわ。魔石で手に入れられるやつでしょ？」

「たまーにスキルが手に入ったり、魔素を使って能力の強化もできるらしいんだ」

「らしいって、雄介は知らないの？」

「俺が一番自分の能力を知らないからな」

「それ、無知を曝け出しているみたいよ？」

「そう言われたら面目ない限りだけどさ。俺の能力は、皆になるべく好きなように使ってもらって自由に成長してもらった方がいいと思うんだよな。だから細かい説明はなしで」

「でも、良いの？　これを手にしたら雄介たちよりも強くなってしまうわよ？」

「おう、そうなってくれてもかまわんぞ。俺たちはもっと強くなるからな！」

アリエルは俺の言葉を聞くと、目を見開いた。

そしてエラールの手を取って無言で踵を返した。

ズンズン進んでいくアリエルを見て、外に出てモンスターでも討伐してくるのだろうか？　と、ぼんやり考えるのだった。


ひと通り自分が設置したガチャの様子を確認した俺は、夏目の研究所に戻っていた。

目の前では、夏目のおごりできつねそばを食べるノヴァさんが合同練習の期日をまとめていた。

さっそく夏目の弱みをノヴァさんに活用されているのを見て、俺は思わず笑ってしまった。

「んじゃ、俺たちはその日取りまでにモンスターを集めてくれれば良いわけだな？」

俺が確認すると、夏目は首を横に振った。

「いや、その必要は無くなった」

隣では、木村が眼鏡を押し上げている。

夏目が説明を続けた。

「木村の言う通り、モンスターを新たに集めなくても大丈夫だ。今までのデータをまとめて、木村に打ち込んでもらったことで、よりよい進化を遂げた。もう今まで通りのモンスターと同列に扱ってもらっては困るというわけだ」

「あ、じゃあ一時的に捕まえてたモンスターも？」

「木村の魔改造で元の原型が残ってない。だが、それだと強すぎて練習にならない。だから難度を三段階から選べるようにした。ノーマル、ハード、ルナティックの三つからな」

ノヴァさんが説明を引き継いだ。

「うむ、合同訓練は夏目と話して、それぞれの班でこのシステム内でポイントの奪い合いをすることにした。最終的にはポイント順でランキング付けして、近い実力の者同士で個人戦だな。ただしこれによって得られる情報で優劣を決めることはせん。それはあくまでも個人の能力だでな」

「個人戦ですか？」

「それぞれの能力の把握が目的だからな」

「手の内を晒せと？」

「いいや、能力をどこまで見せるかは各々の判断に委ねておるよ。ここで本気を出すか、実力を隠すかはそのもの次第じゃ。人によっては本気を見せないまま高得点を出す者もおるかも知れんしの」

クックッと愉快そうに微笑むノヴァさん。

能力の良し悪しをそこで推し量るというわけか。

ステータスによるゴリ押しではなく、天性と思考の相性の良さを見ているともいえる。

「ウチだと三上が筆頭かな？」

そこまでの説明を聞いて、俺は夏目に尋ねた。

「だなぁ、あいつが頭ひとつ抜けてる感あるよ、実際」

「剣士の才能だと聞いたが？」

俺と夏目の声にノヴァさんが反応した。

実際に天性は『剣士』だが、魔法も使う。

戦闘技術においては、完全に俺たちの想像の斜め上をいっている。

自分の事を棚に上げて俺をすごいすごいと言うが、実際俺は『ガチャ』を取ったら何も残らない。

そういう意味では三上の方が戦闘において圧倒的な力を持っている。

「魔法も使うぞ？」

「魔法を剣に纏わせて攻撃もするな」

俺と夏目がノヴァさんに教えていると、彼女が唸った。

「それは既に魔闘士の領域に足を踏み込んでおるの」

「魔闘士？」

「我らムーンスレイでは仙術を扱う者を将軍、その中でもとりわけて上位者を六獣将軍としている。

六獣将軍は阿久津も知っているだろう」

「はい」

「魔闘とはその仙術の一段下じゃ。三上とやらは魂の素質が我らと似ているようだな」

三上はムーンスレイの方が向いていたってことか？

「ああ、そういうことですね。というより、仙術とか初めて聞くんですが？」

「我らムーンスレイでも秘匿中の秘匿よ。あまり口外するもんでもないしの」

「それを俺らに話して良いんです？」

夏目も木村もノヴァさんを見る。

「聞いたところで実践できるかはその者の資質が関わってくる。だから三上という奴はこちら向き
というだけの話。ここで言ったところで問題はないわ」

ああ……つまり能力じゃなくて精神的な事なのか。

俺みたいに誰かにおんぶに抱っこでは精神の成長もない……と。

ちなみに夏目も木村もそう言った素質とは縁遠いらしい。

「随分話が逸れたが、合同演習のルールに話を戻すぞ」

ノヴァさんが再び説明を始めた。

「個人戦で素質を見抜いたら班でのポイント取得率で、チームでの貢献率を見る予定だ。ソロよりチーム向きの天性もおると思うからな。最後に、ポイントの低い順で対人戦。個人戦、チーム戦はモンスターでのポイント取得を目的としたが、最後の対人戦で人に対してどれくらい効率的に戦果を出せるかを見たいからな。大まかな流れはこんなところじゃ」

「面白そうですね」

色々な素質を図るために何パターンかにルール分けしている。

だいぶ練られた合同演習になりそうだ。

「お前、参加しないじゃん」

そこで夏目が指摘した。

あ、そういえばグルストン側の合同演習参加者は、勇者だけで、補欠組は含まれないんだっけ。

「お主が参加しないのは何故じゃ」

しかしこのやり取りに俺以上に納得していないノヴァさん。

「いや、補欠は元々参加しない予定だったんですよ」

「我ら六獣将軍が一人、圧壊(あっかい)のターレスを打ち倒しておいて参加せぬだと？　お前のような者の実力を測るためにこの演習を開いたのに、それでは目的が果たせぬ。それに我が王もお主が出てくるのを楽しみにしているのじゃ！　ううむ、困った」

「阿久津、お前向こうでいったい何したんだよ！」

「いや、ほぼ言いがかりみたいなもんだって。仕方ないから相手してやったの！」

夏目の言葉に俺はため息をついて返した。

「じゃが、それでもお主の実力はすごかったぞ！」

ノヴァさんがなおも食い下がる。

「いやぁ、向こうの幹部にそう言われたら出るしかないよ、阿久津。そうだ、作るか特別枠」

「もういっそそれでも良いかの。こやつが出るなら言うことはない。健闘を祈っておるぞ？」

「やめろ！」

結局俺の言い分は通らず、特別枠が作られた。

補欠組からの参加は俺だけのため、ずっとソロらしい。

あんなにバランス考えてくれていたのに、俺の時だけ雑じゃない？

合同演習の話を終えた俺は、久々に補欠組の四人だけで、冒険者ギルドへ向かった。

「なんか俺も演習に参加することになった」

「雄介も災難だね」

げんなりして言う俺を薫が慰めた。

「また三上君絡み？」

「いや、ムーンスレイの王様が、俺がどう活躍するか見たいんだと」

俺が答えると、三人が納得した表情を浮かべた。

あれはたしかにね、という声が聞こえてきた。

「向こうの提案である以上蹴れないと？」

「そんな感じでさ、とりあえずパワーアップしておきたいんだよね」

「まずはスキル付与ガチャの検証でしょうか？」

「だなー」

冒険者ギルドは別に目的地というわけではなく、外に出るうえでの建前の理由だ。

委員長から、いかなる理由でも外で活動するならなんらか説明できるようにした方がいいという提案があったからだ。

街の人々は、一時期ドリュアネスに避難していたが、もう戻ってきている。

結局厄災龍の反応もわからずじまいだったが、あれ以降被害もなく、反応もないので、そのまま だ。

「モンスターは魔石に変えちゃっていいな？」

「僕たちはそれで良いよ」

「クラスメイトに提供したとはいえ、その場で変換できる阿久津君はやっぱり便利なのよね」

「それはそうでしょう。本来なら阿久津さんの能力ですから」

久々に俺のガチャの能力が褒められている気がする。

委員長と杜若さんの言葉に俺は喜ぶ。

モンスターを討伐して早速ガチャにぶち込み、〈素材解体ガチャ〉を回した。

魔石にならない部分は再度森に捨てる。

「ゴミは邪魔にならないところに捨てて、と」

「不法投棄にならないかしら？」

「生態系が変わっても知らないよ？」

委員長と薫が俺の行動を咎める。

「モンスターが強くなるんなら良いじゃん？」

「木村君のシミュレーションが鬼畜（きちく）難易度らしいから、それに慣れてる前提でなら平気かな？」

「あれ、私たち勇者以外に一般開放されてるのかしら？」

何の気なしに俺が言うが、まだ薫と委員長は心配そうにしていた。

いざとなったら三上あたりの勇者に出動要請（ようせい）くるでしょ。

そう考えて準備が整った〈スキル付与ガチャ〉を回した。

そこでわかったのは……

「これ……持てるスキル三つが上限なのケチ過ぎない？　え、冗談だろ？」

ガチャで付与できるスキルに上限があること。

俺が引き当てたのは、〈千里眼〉〈投擲〉〈拡声〉だった。

スキルが得られる時点で当たりではあるのだが、スキル自体がとんでもなくしょぼかった。

そこでさらに回そうとしたら上限のアナウンスが流れたのだ。

なんだこの不遇っぷり。

もう俺には強くなる要素がないって言いたいのか？

そりゃあんまりすぎる。

「雄介はそもそも戦闘員じゃないからね。合同演習もそんなに気張らなくていいんじゃない？」

薫の言葉に若干気持ちが和らいだ。

俺は肩を回しながら言った。

「まぁ、やるだけやりますよ。少なくともタウロス族の集落で稽古した成果は見せてやるぜ」

「ミーノさんとの約束もあるしね？」

「そ、そんなんじゃねーって！」

ミーノというのはタウロス族の集落で一緒に稽古に励んでいた相手。

少年、と思っていたのは俺だけで、ターレス将軍から聞いたら一人娘だった。

どうやって判別しろってんだ。肉付きとか俺より筋肉ムキムキだったし。

どう見ても男だったって！

「あー、阿久津君。ミーノさんのこと、どうだっていいんだ？　ノヴァさんにもそう伝えておく？」

　ここぞとなかりに委員長が揶揄ってきた。

「おやめなさい、由乃。あまり阿久津さんを揶揄うのはよくないですよ？　それに、そうやって悪い面を出すから想いが届かないのですよ？」

「ちょ、それは今どうだっていいでしょ！」

　俺を煽っていた委員長がいつの間にか劣勢になっていた。

　いったいこの短時間に何が？

　隣でにやけている薫に俺は尋ねる。

「どうした薫？」

「いや、なんでも？　それより依頼やろうよ？　素材の入手で何か新しいことできないか試すのも、今日の目的でしょ？」

「あー……そういやそうだったな」

　何か誤魔化された気もしたが、薫の言うこともっともだったので、俺は薫たちを先導して再び素材を集めるのだった。

アクエリアとウィンディがここを出てから数日が経った。

「フレイー、アクちんたち出かけたきり帰ってこなくないー？」

「放っておけ、アーシー。どのみち親分の信用を自ら捨てた子ぞ？　それより、気に入られることをするがよい。邪魔者が二人消えてちょうどいいであろう？」

私、アーシーが寝起きの頭で声をかけるが、もう一柱のフレイは興味なしとばかりに手鏡で自分の美貌をチェックしていた。

武芸者のような言い回し、トップを親分と呼ぶのもそうだが、随分と偏った知識を入れているのがこのフレイという女だ。

「でも、二人だと寂しいよー」

フレイは私の言葉を特に気にすることなく、今度は腰に差している刀の手入れに夢中になっている。

「どちらにせよ、ウチに舐めた態度をとったグルストンって国には滅んでもらうがの？」

手入れを終えた刀を鞘に納めて、フレイが立ち上がった。

「いってらっしゃーい」

「お主も少しは働けい、アーシー。お主と親分を二人きりにさせるものか」

「えー、フレイちんのイジワルー」

「で、あれば上手く立ち回るがよい。もしかすると頭を撫でてくれるかも知れぬぞ？」

「うー、頭なでなで！　されたい！」

「なら活躍することだな」

フレイが地を蹴って、上空数百メートルまでひとっ飛びした。

私も後に続くように軽くジャンプして同じ高さまで辿り着く。

あっという間に大陸間を渡り、二人してグルストン近郊まで到着する。

少し歩いてから、なにやらフレイが動きを止めた。

何か違和感を覚えているようだ。

「ぬぅ？　なんだこれは。向こうにあったと思った城が、気がつけば通り過ぎておる。面妖な」

「フレイちん、耄碌した？」

「お主よりはぴちぴちのつもりじゃ。それよりもアーシー、ここらに惑わせの結界があるようじゃ、破壊できるか？」

「へっへーん☆　アーシーちゃんにお任せなのだ！　【崩壊】」

厄災龍に任命されたときの二つ名である崩壊。

それは触れたものを全て壊す持つ私の力を示している。

私は片足を上げて、その場でペタンと空を踏む。

「んー！」

それからその場で地団駄を踏むように足を動かすと——

ピシッ、パキ！　バキバキバキバキィ！
結界らしいものが砕け散った。
「やはり幻じゃったか、小癪な」
フレイはそう言ってニヤリと笑った。
そして私とフレイで中を覗き込む。
その目の前には、巨大な魔法陣。
光が私たちを包み込んだ。
次に目を開けた時には私たちは見知らぬ場所へと呼び込まれていた。
上空にいたはずなのに、気がつけば森の中。
これはいったいどういうこと？

「見た目からしてこの二人が残りの厄災龍だろう」
俺、夏目はそう言ってモニターを見ながら、内心ガッツポーズをしていた。
「上手く捕獲できたみたいだな。バリアを貫通された時はビビったが、用意していた策がハマってよかった」

隣にいた木村が胸を撫で下ろす。

「木村が加わったおかげだな。俺の技術力とお前の軍略さえあれば、ドラグネスとて敵じゃない」

俺がそう言うと、木村が自信満々に頷いた。

俺はそのままパネルを操作する。

「あとはこの厄災龍のお二人をシミュレーターに送り込めばオーケー。思わぬ強敵が釣れたが、いい合同演習の相手になるんじゃないのか」

「そうだな」

木村がそう言って別のモニターを見た。

そこでは今まさにグルストンの勇者とムーンスレイの勇者が、ポイントを求めて争うところだった。

6　それぞれの思惑

グルストンとムーンスレイの合同演習の日。

俺は特別枠ということで、当面出番が来ない。

今は薫たちと一緒に、のんびり他のチームの対戦を部屋に備え付けられた巨大なモニターで見ている。

目の前では三上と木下がシュライフさんやシグルドさんと戦っている場面が映されている。

どこまで張り合えるか見ものだ。

俺のガチャで食べ物なども準備していて、こちらからしたら演習というよりスポーツ観戦だ。

「ヤッホー、見学に来た」

と、そこに榊さんが合流してきた。

「あ、榊さん。お仕事終わり？」

「恵ちゃんが出るって聞いて」

「坂下さんも天性が『料理人』なのによくやるなー」

「阿久津君も戦えるって聞いたけど？」

「俺は……まぁ、戦えないこともないけど。坂下さんほど積極的に参加しようという気はなかったし……戦闘向きの天性持ちとは張り合えないよ？」

「またまたぁ。ムーンスレイで将軍を倒した噂、広がってるよ？」

「誰から聞くの、そういうの！」

二人で談笑していると、まだ戦いに参加しない他のクラスメイトが続々と集まってきた。

その合間をぬって、所用を済ますために席を一時的に外していた薫、委員長、杜若さんがやってきた。

「雄介、三上君たちどう？」

薫がやってくるなりそう言った。

ああ、話し込んでて全然見てなかったわ。

「あ、悪い。榊さんと話し込んでたのに！」

「ちょっとー、雄介の解説を楽しみにしてたのにさ」

「まぁ、そう怒るなって。でもパッと見た感じ、三上たちも一方的におされているってほどじゃなさそうだぞ。結構張り合えて……」

そこまで説明したところで、巨大スクリーンに〝挑戦者〟の文字が表示されて、アラートが鳴った。

画面が切り替わって映し出されたのは、アクエリアと似たような和風の装いに身を包んだ派手なお姉さんと、パジャマを着た幼女だった。幼女の方は、見た感じシリスより若そうだ。

それから、討伐者には１００ポイントが付与されるというメッセージ。

「何かしら？」

「あの雰囲気、ドラグネスの厄災龍の系列かな？」

「ラスボス到来って感じか？　つーか、また捕まえたのか、夏目のやつ。今度は逃がさないようにしてもらわないとな」

委員長の問いに薫と俺が応える。

「その点は抜かりない。俺が協力したからな」

そこに話を聞いていた木村が加わった。

なにやら自信ありげの様子。

夏目は、技術力こそ一分の隙もないが、戦略の面において油断しすぎらしい。

そこをカバーしたのが木村の軍略。

今や相手を出し抜くことにおいては一、二を争う防衛装置を開発したとのこと。

相手が同じ人間ならまず間違いなく引っかかるそうだ。

こいつが敵でなくてよかったよ。

そういえば、厄災龍ってのが本当なら、アリエルが心配だな。

アクエリアは克服したってこの前聞いたが、他がどうかは知らない。

もしかしたらまたトラウマが……なんてことになってないといいんだけど。

そんな風に考えていたら、目の前にアリエルがやってきた。

「雄介、ここにいた！」

「お、アリエルじゃん。よかった、特になんともないみたいだな。そういえば、あそこにいる人たち、知ってる？」

「フレイとアーシーね。どちらもアクエリアと同じ厄災龍よ。見た目で油断しちゃダメ！」

そう注意するアリエルだが、右手にカニクリームコロッケを持っているせいで説得力がない。

油断してるの、アリエルの方じゃないか？

全然慌てていないどころか、どこか余裕そうだ。

エラールも隣の席に座って、適当にジュースを飲んでいる。

すっかり俺のガチャと夏目のシミュレーターのおかげで自信がついたようだ。

「やったか？」

上空にいる刺客に向けて、木下は特大魔法を放った。

だが、すぐに服の襟を後ろから掴まれて、その場から離される。

「あぶなっ……」

彼がさっきまでいたところには牙の跡のような窪みができていた。

あと少し遅れていたら、自分の身体が砕かれていたかもしれない恐怖に、木下は身震いした。

彼が見上げると、その場所では髪の赤い女、フレイが、刀に手をかけてこちらを睨んでいた。

その美貌に一瞬見惚れそうになっていると——

「アホ、ありゃあ見た目だけで中身は根っからの戦闘狂よ、油断しすぎだ」

「兄貴！」

振り向くと、後ろには木下の師匠、シグルドの姿。

「あのタイミングで俺をその場から離したのは師匠だったのか……」

ムーンスレイの旅路で師弟の契りを交わしてから、木下はシグルドを尊敬していた。

ゲームでは共闘したが、実際に一緒に戦うのは初めての二人。

木下がシグルドと背中合わせになった。

そしていつの間にか、木下の前には場違いなパジャマ姿の少女——アーシーがいる。

寝ぼけまなこを擦って、彼を見上げていた。

「お兄ちゃん、さっきのはお兄ちゃんの仕業ぁ？」

暢気に、木下に話しかけてくる幼女。

「あ、あぁ」

「すーっごく驚いたんだからね！」

その見た目に騙された彼は、次の瞬間、掌底をモロに食らった。

「ガッ⁉」

木下の鳩尾を正確に捉え、幼児とは思えぬ膂力で宙に弾き飛ばす。

見た目で油断するなと、師匠に言われたばかりなのに、と木下は後悔した。

「坊主⁉」

「余所見してる暇はあるのかの？」

「チィッ！」

シグルドの上着をフレイの脇差が貫いた。

刀身が陽炎のようにゆらめき、発火する。

間一髪で脱ぎ捨てたシグルドの上着は一瞬で燃え尽きていた。

「おい、勝手に人のもん燃やすんじゃねぇ！　気に入ってたんだぞ、これ！」

「なに、涼しくしてやったのよ。手間が省けたじゃろ？」

「そりゃ痛み入るねぇ。だが余計なおせっかいって奴だぜ！　獣化!!」

パン！

シグルドが胸の前で拳を組み合わせて気合を入れた。次の瞬間、その肉体が膨れ上がる。

先ほどまでの飄々とした態度とは打って変わって、真剣だ。

ムーンスレイの勇者が扱える『獣化』は野生の本能を底上げし、一時的にステータスを五倍に引き上げる。

もちろんそれに見合うデメリットもあるが、彼はこういう場面で絶対に真っ向勝負を選ぶ。

つい先ほどまでそこにあったシグルドの肉体が、瞬時にフレイの背後へと回る。

それを気配で捉えるフレイは、他愛もないと牽制を仕掛けようとしたが……

「遅いぞ、嬢ちゃん」

「あ？」

投げ飛ばされたという感覚もないまま、フレイは仰向けに寝転がされていた。

ただ図体がデカくなっただけにあらず。

シグルドは普段おちゃらけている一方で、格闘技にも精通する実力者だ。

ステータスの上昇のみに頼らぬ技術者の腕に木下は感動した。

フレイは土をつけられた屈辱に激昂している。

フレイの身体から炎が燃え上がった。

着物を燃やし尽くさんと昂る感情が獄炎となってフレイを中心に渦巻いている。

「お前は殺す！」

「やれるもんならやってみな？」

威嚇に対して一歩も引かぬシグルド。

「師匠に注意が向いている今なら……」

木下はそう呟き、フレイに向けて上空から魔法で射撃する。

ドッ、ドッ！

フレイが避けたところの地面が穿たれる。

すると、余計なことをするなとシグルドが木下を目だけで牽制した。

お前の相手はもう片方だろうというアイコンタクトを受けて、木下はさっきの幼女の方に向かう。

魔法に殴打を加えての魔法拳法。

シグルドから教わって獲得したこの技能は、人型相手に抜群の効果を見せた。

魔法はただの目眩し、本命は体勢を崩してからのゼロ距離射撃にある。

打撃に見せかけた抜き手でパジャマの襟を掴んで巴投げ。

この手数の多さが、魔法拳法の強みだ。

木下がアーシーを転がす。

チャンス！

練り上げた魔法で、アーシーの体を上空へと吹っ飛ばす。

一撃必殺のつもりで放ったが、貫通しなかった。

相手の防御が木下の攻撃力を上回っている証拠だ。

「木下、無事か！」

そこへ三上率いるA班の三名が駆けつけた。

「お前らはあっち行ってろ。まとまっているとやられやすくなるぞ！」

「心得ている。だから木下に攻撃を任せて、俺はお前を守る。とっておきがあるのだろう？」

「いいのかよ？　お前にしては随分と謙虚じゃねぇの」

「俺が謙虚じゃなかった時があったか？」

三上が剣を逆手に握って構えた。

「テメエの胸に聞いてみな！」

木下が両手を広げて頭上にエネルギーをチャージし始めた。

「三上君、今バフをかけるわ！」

天性『賢者（けんじゃ）』の佐伯夏帆（さえきかほ）が声を上げる。

三上は頷くだけにとどめて、剣に魔力を注ぎ込んだ。

新しく発見した魔素を用いた必殺技。

それが通用するかどうかのテストを、ぶっつけ本番で行うのだ。

「はぁあああああああああ！」

「お兄ちゃんも私のお邪魔～？」

吹っ飛ばされたことを意にも介さず、即座に復帰したアーシーが、飛ばされた時よりも倍の速度で肉薄しながら三上に問いかける。

声色（こわいろ）は可愛らしいが、その目は殺意に満ちていた。

「残念だが、君の勝手にはさせられないんでな！」

「ぶぅ！」

可愛らしい声から放たれたとは思えない抉るような蹴り。

三上はそれをクロスさせた剣で受け止める。

「夏帆っち！」

天性『聖女』を持つ吉田が佐伯に声をかけた。

「言われなくとも！　あんたもいつもの頼むわよ？」

「あいあい！　〈清浄結界〉！」

「〈ストレングスアッパー〉！」

『賢者』佐伯と『聖女』吉田。

タイミングバッチリで連携が取れている。

そこにA班からさらなる援軍が駆けつける。

「こっちも忘れてもらっちゃ困るぜ！　由美子」

「うん、たっくん！」

A班の三人、『吟遊詩人』天羽由美子、『音使い』栗原拓海、『糸使い』若林康二が合流する。

これでA班は全員集合した形だ。

「「〈不協和音〉‼」」

天羽由美子と栗原拓海の音系天性を組み合わせたコンビネーション技。

音による破壊の波がアーシーの蹴りの衝撃を弱めた。

アーシーはバランスを崩して、尻餅をつく。

ダメージはそんなにないだろうに、うえーんとその場で泣き出した。

三上たちはその姿に一瞬騙される。

だが、みるみるその姿が巨大化していくのを見て、すぐに自分たちの浅はかさに舌打ちする。

アーシーは山を思わせる巨体になった。

「全員、散開！　木下！」

「このまま打ち込む！」

「グギャゴォオオオオオオ！」

木下が、他のクラスメイトが援護してくれた間に練り上げた魔法を打ち込もうとした。

それを呑み込もうと顎を開く巨竜。

その体格差は月とスッポン。

打ち込んだとて勝てる見込みはないと誰もが思ったその時、上空から飛来する岩々が竜と化した少女の横顔に叩きつけられた。

ドゴゴゴゴゴゴッ！

攻撃の後、上空からリフトボードに乗って、同じ班のメンバー節黒棗が現れた。

「お待たせ！　木下君！」

「ナイスタイミングだ、節黒ぉ！」

そして木下は岩によって体勢を崩したアーシーの肉体の中心に――

「ぶち砕けろぉおおおお‼」

魔力を練り上げたレーザービームを放つ。

目の前にあった巨体が消えてなくなったことに、木下本人の理解が追いついていないようだった。

「空打ちした⁉」

「いや、向こうのドラゴンの援護で逸らされた！」

節黒が指をさしたその先には、炎を纏うドラゴン。

アーシーに致命傷を与えることはできなかったものの、なんとか戦闘不能に追い込めたようだ。

木下のレーザーを見たA班の皆が目を見開いている。

こちらの戦いが一段落したタイミングで、シグルドの声が響いた。

「お前さんも、誰の前でよそ見なんてするのかねぇ？　今の俺はさっきよりもちぃとばかしつえーぞ？」

「この、死に損ないの羽虫めが！」

シグルドは獣化した上から肉体を雷獣化させる。

『獣神解放』、それは己の寿命を縮める背水の陣である。

ただのポイント奪取ゲームで使う技ではないが……

轟雷の化身ＶＳ獄炎の化身。

ここに怪獣大決戦が始まろうとしていた。

俺、ロギンはグルストン王国で部下からの報告を聞いていた。

「行くぞロアミー、獲物が釣れたそうだ」

「おう！」

「能力の分析は済ませてある。奴らの結界に気づかれることはないと思うが、気は抜くなよ？」

「その点は抜かりないよ。オレたちをもうちょっと信じてよ」

俺はククと笑いながら、ロアミーに応える。

「そうだったな。たまには部下の仕事を信じてみるのもいいな」

いつも後方で作戦指示を出すのは俺の役割だったが、今回はそれなりに任せてみるとしよう。

「お前らの出番はないと思うが、一応保険はかけておきたいんでな」

俺は左右に提(さ)げた二振りの曲刀に呼びかける。

それぞれの中心には青く光る宝石と、緑色に輝く宝石が嵌め込まれていた。

これこそ厄災龍を捕らえた理由。

手下としてでなく、力だけをそのまま手に入れるため、俺はアクエリアたちを救出した。

背中に差した二振りの曲刀にも、宝石を嵌め込む窪みが施されている。

「さぁて、残りの二つも回収しに行くぞ？」

もはやアイテムを回収しに行くノリで、俺は歩みを早めた。

「あの者たちが負けた、か」

ドラグネス皇国の王、グラド・ドラグネスは目を瞑った。

彼の横に数万年共にいた四人の娘たち。

「特に求めたつもりは無かったが、いなくなってみれば存外寂しいものだな」

そう零しながら、グラドは手に持った杯を揺らした。

——アイロハネの銀杯。

そこにはこの世の闇を煮詰めたような液体が並々と揺れている。

グラドの目的は徹頭徹尾これを満たすことにあった。

後少し、後少しで満ち足りる。

ここに注がれているのは、戦いによって命を落とした魂。

本来なら輪廻を巡る魂を、封じ集めたもの。

これらが満たされる時、所有者の願望がひとつだけ叶うとされるアイテムだ。

グラドのいた故郷では数年に一度満ちるといわれた銀杯は、この世界では二億年もかかっていた。

そもそもこの世界には憎しみが足りない。憎悪が満ちていない。

だから、その憎悪の感情を満たすために、自らがその種を蒔くのだ。

そのために暴虐のかぎりを尽くした。

種族を生み出す度、無理難題の試練を与えた。

その中でも特に銀杯に反応があったのは、やはり異世界の者たちを誘拐してきて競わせる勇者大戦だった。

「あれは良かった。国も召喚された者たちも、皆が疑心暗鬼の中で死んだ」

あれほどまでに一度に憎しみを集められたものもなかなかない。

本心を仲間内にすら語らず、ただ目的のために、ストイックに、グラドは進む。

「せめて足掻いてみせてくれよ？」

グラドは誰もいない部屋でそう呟く。

「さぁ、幕引きと行こうか」

そしてグラドは玉座から立ち上がり、その場から姿を消した。

空間転移。創造神にして万物の王である彼にとってこれくらい造作もなかった。

一方で難民に紛れたロギンの部下のザッシュ、クロンの二名は、ドリュアネスから提供された木

造建築で伸び伸び暮らしていた。

名目上は敵上視察。しかし中身は豪遊だ。

彼らからしてみたら衣食住の確約された生活は豪華な生活なのである。

アリエルやエラールが元いた場所では、スラムに暮らす子どもたちに人権は保障されていなかった。しかしこの街はどうだ？　敵国からの被害者なら出身地など関係なく誰でも受け入れられ、衣食住を提供して貰える。

「うはー、ここは天国か？」

「クロン、流石に遊びすぎだ。いや、いずれこの街を丸々もらうための敵上視察とはいえさ」

「お堅いこと言うなよ、ザッシュ！　お前だってそのパンのお代わり何回目だ？」

「いや、おかわり自由だって言われたら誰だってするだろ。でもよ、ロギンさんに黙ってこんな豪遊しちまっていいもんなのかね？」

「そのための俺らだろうがよ。俺の職能とお前の職能。それが後々ロギンさんのお役に立つんだってこの作戦を任せてくれたんだぜ？」

「まぁな、でも罪悪感の方が優っちまうよ」

「いい加減慣れようぜ？　ここじゃ難民受け入れもまた立派なお仕事らしいぜ？　なら俺らはそれらを享受する義務がある。そんでロギンさんや仲間が戻った時に施設内の説明役がいる。それがお前だ、ザッシュ」

「いや、俺かよ！」

ザッシュは憤慨する。しかしこの場所に紛れ込めたのも、今この街でうまいことといっているのも職能『箱庭』を持つクロンのおかげだった。

クロンの能力はステータスに依存するが、ボスであるロギンから分配されたステータスで自分だけの世界を自由自在に取り替えることができる技能。

空間を捻じ曲げての侵入や、人目を欺くことにおいては一流の技能である。

そしてザッシュの職能は『奏者』。自身のステータスより低い相手の意識を操作して、誘導することができる。

難民の意識を別のところに向けたり、その中に紛れても違和感を持たせないようにしたりするのだ。

グルストン王国への侵入はクロンの職能が、城下町からドリュアネスへの避難にはザッシュの職能がそれぞれ活躍している。

ドラグネスで決められた序列の上位に位置するクロンに、ザッシュは何も言えなかった。

序列関係なく接することができるのは、ロギンがいる時だけである。

◇◆◇◆◇

その頃、内部にテロリスト予備軍を匿っているとも知らないドリュアネスの元老院では、新たに持ち込まれたグルストンの勇者たちの魔導具に興味を示していた。

元老院の一人である【賢翁】ササモリが提唱する新しい技術体系。

それこそが科学者夏目によるＶＲ技術を使った戦闘シミュレーションにある。

悔しいことに、ドリュアネスの技術を簡単に見て盗まれ、さらにはそれを応用して数日でこんなものを作り上げられてしまった。

ドリュアネスでは、それで遊ぶ研究員たちが後を絶たない。

ササモリは、勇者たちまで参戦してランキング争いをしている始末だと肩を竦めた。

議論というより、もはや愚痴の類。

長年の付き合いであるが【賢翁】の口からそんな愚痴を聞かされる日が来るとは、と【薬翁】リキティカカは苦笑した。

リキティカカからすれば、喪失していたマナポーションの再現に奔走している最中に、グルストンから手土産感覚で渡された品々の中にそれが紛れていたという事実こそ頭の痛い話なのだが。

「これは我らエルフの尊厳に関わるものではないのかね？」

ササモリやリキティカカとは違い、それを快く思わない者もいる。

古くから聖霊と交信を交わす【視翁】ダナウィイだ。

「いやいや、我らの積み重ねとはまた別のものさ。世界は広い。これを知れたのはいい機会ではないかと私は思う。キティはどうだ？」

　ササモリから促され、表情を変えぬままにリキティカカは唸る。

「悔しいことに、そこの変人の言う通りだ。我らエルフこそがこの世界の知識を網羅(もうら)しているなどはただの思い上がりであると証明された。彼らとの協定を組むのなら、私は賛成してもいいように思う。それに、里の者も少しずつあやつらの土産に染められてきているのだろう？」

　リキティカカの言う土産とは、雄介の置いて行った、ササモリ邸に置かれた魔石で購入できる天然由来の食料品である。

　エルフでもアレルギーを気にせず食べられる食品類は、栄養だけ摂取できる味気ないショートブレッドの何倍もいいと好評だ。

　かくいうリキティカカも、ササモリ邸にちょくちょくお邪魔しては天ぷら蕎麦などを食していた。なんの素材かわからぬものよりも、風味も味わいも別格だ。

　厳しい自然で育った山菜とは、こんなに美味であったのかと、千四百年生きてようやく思い知るほどだった。

「【薬翁】にそこまで言わせる土産であるか。聖霊様も問題ないとしておるが、本当にその者らは我らに危害を加えぬと言い切れるか？」

「そうやって何かにつけて疑ってかかるのは【視翁】の悪い癖ですぞ？　見えすぎるというのも問題ですな？」

「そうやも知れぬな。しかし【賢翁】よ。勇者に与えた精霊機、あれらは我らの禁忌に抵触しているのではないかね？」

ササモリの皮肉に、ダナウィイがすでに決着のついた話を蒸し返して応じる。

またその話か、とササモリは苦い顔をする。

今日も元老会議はくだらぬ話で時間を潰す。こんな老人たちとの他愛もない話などより、さっさとグルストン王国との実のある話をしたいものだと、ササモリは考えていた。

なまじ年を取りすぎたので話が長い上に、なかなか本題に辿り着かない。

辿り着いたとしても答えの出ているやり取りをしてお終い。

今日の会議は欠席してもよかったかも知れないと思うササモリであった。

「今帰った」

ササモリが自宅の玄関に入ると、フェルスタが出迎えた。

「おかえりなさいませ、マスター」

「労いの言葉をかけてくれるのは君くらいだよ」

「またくだらない権力争いですか？」

「あの人たちも自分の椅子を守るのに必死なんだ。もっと視野を広げて後継を育てていかなきゃならない時期なのに、まだ自分が一番になることに固執（こしつ）してるのさ」

「長生きなのも考えものですね？」

「本当にな」

ササモリの愚痴は明け方まで続いた。

フェルスタは聞いているフリをしながら、内部データに蓄積されている読み物を再朗読する。

この二人の関係では、それが当たり前の景色だった。

と、フェルスタがそこで来客の気配を感じ取る。

この屋敷の置かれるフィールドは出入りできる対象が定められている。

権限を持つのはササモリと同列の元老院。または魂の同郷である勇者たち。そして最近新たにもう一組増えたグルストン王国の面々くらいだ。

さっき会ったばかりで元老院がやってきたとは考えにくい。

となれば、消去法で自国の勇者だろうか。

未だ元老院への愚痴がヒートアップしているササモリを呼び止めても聞きはしないだろう。

フェルスタは面倒だと思いながらも玄関へと出迎えに行った。

「どちら様でしょうか？」

「夜分遅くに申し訳ありません。田代です」

フェルスタの読み通り、来訪者は勇者だった。

しかし夜分遅いと分かっていながらやってくるとは急用か？

「今マスターを呼んで参ります。暫しお待ちを」

フェルスタは田代が訪ねてきたことを端的に伝えた。

ちょうどいい感じにヒートアップしていたというのに、とササモリが不満げな顔を見せてから立ち上がった。

「お待たせしたね。こんな夜に何用かな？」

「実は、グルストン王国から救援要請がありまして」

「つい先日もあったばかりでは？」

ふと思い返してみても、ササモリの記憶ではつい最近の出来事。

しかし実際に雄介たちが帰還したのは六日も前だ。

ドリュアネスでの時間感覚の遅さが、雄介たちの危機感を明確に伝えきれずにいるのを、田代はどう伝えたものかと焦った。

「どうやらドラグネスが重い腰を上げたようです。王自らが攻めてきたとのことです！　偶然合同演習をしに来ていたムーンスレイの勇者と共に対応していますが、厄災龍とは比べ物にならない力量差で、こちらにも手を貸してほしいとのことです。ですが私たちはドリュアネスの勇者。直接自国に乗り込まれでもしなければ、自分たちの意思で防衛に向かえません。だから元老院の許可をいただきに来たのです！」

「ドラグネスのトップが直接？　勇者決定戦はまだ先のはず……決定戦が始まる前に王自ら出てく

るなんて異例だな」

顎に手を当てて一瞬考えてから、ササモリはすぐに思考を切り替えて田代に言う。

「元老院は私が直接言いくるめる。君たちは先に向かいなさい。あの子たちとの縁を切れだなんて言えないよ。私もね、ようやくこのアレルギーだらけの体とおさらばできそうなんだ。今彼らにいなくなられたら困る！」

「では、私たちはすぐに向かいます。ササモリさんはドリュアネスの防衛を最大警戒にしておいてください。どうも奴は瞬間移動が可能で、ドリュアネス以上の技術を持つグルストンのバリアも透過したとのことです」

「そんな出鱈目（でたらめ）な。しかしこの場所には、特別な許可証がなければ直接赴くことは……」

ササモリが言い切る前に、背後から声が響いた。

「おーっと、動かないでもらおうか？」

「誰だ！」

田代が振り向いた先には、見知らぬ二人組と人質にされた彼の仲間。

それはドリュアネスに潜り込んでいたロギンの部下、ザッシュとクロンの二人組だった。

人質はドリュアネスの勇者の一人、香川千歳だ。

「こいつに危害を加えられたくなければ、大人しくしてもらおう」

ナイフを千歳に向けながら、ザッシュがそう言い放った。

「千歳君……」

「田代さん、ごめんなさい」

「御用向きを聞かせてもらおうか？」

田代の代わりに応えたのはササモリである。

「簡単な事だ。お前ら俺たちの傘下に入れ、なーに。入るだけで特に何もしねーよ。何もさせないってのが本音だが。ここは大人しく従っておいた方がいいぜ？　うちのボスはおっかねぇからな？」

ザッシュがナイフの刃を千歳にあてると、頬から顎へと鮮血が滴った。

ほんの少しの痛みと申し訳なさで、辛そうな表情をする千歳。

「わかった。従うから彼女に危害を加えないでくれ」

田代がザッシュたちに宣言した。

「私たちも言う通りにした方が良いのかな？」

「そうしてもらった方が面倒はないな」

ササモリの問いにクロンが答える。

ササモリは一時的に捕まったふりをして、向こうの隙をつく作戦に出ようと考えていた。

だが、彼らがドリュアネスの人々を傘下に置いたのには、また別の真意があった。

7　終焉の前触れ

白熱する合同訓練中、グルストン王国全域で激震が走る。

俺――阿久津雄介は椅子から立ち上がった。

「なんだ!?」

「また地震？」

隣でアリエルが首を傾げた。

「大変だ！　城下町が火の海に！」

観戦席に怒鳴り込んできた夏目が、信じられないといった風に表情をこわばらせている。

「今、街の様子をスクリーンに映す。みんなも可能なら救出に向かってくれ！」

「了解、状況は？」

「冒険者たちが優先的に避難勧告してくれているが、火の回りが早すぎる」

俺が尋ねると、悲観的な表情で夏目が答えた。

自分の防衛バリアが効果を発しなかったことで、ショックを受けているらしい。

「あそこを見て！」

アリエルがスクリーンの一部を指す。

上空に浮かぶ高校生くらいの男が、グルストン王国を睥睨していた。

「あいつはまずいわ」

アリエルは、厄災龍について話す時より怯えたリアクションをしている。

エラールも信じられないとばかりにアリエルにしがみついていた。

「知ってる人？　厄災龍は四体と言いつつ、五体いたとか？」

二人の様子を見る限り、もしかしたら本当にまずい状況なのかもしれない。

いっちょ回しておくか？　ステータスガチャ。

念のために追加で各ステータスを百五十万ほど増やしてみる。

おかげで八十万あったステータスが二百三十万になったが、まぁいいだろ。

こっそりとガチャを回しながら尋ねると、青ざめた表情のままアリエルが零した。

「あいつがこの騒動の元凶よ、あたしたちをこの世界に召喚し、争いをさせた張本人。グラド・ドラグネス！」

「あいつが……？」

どう見たって中二病を拗らせたような見た目だ。

とても各国が恐れるような相手だとは思えない。

せいぜい吸血鬼とかそういった類の見た目とかなら納得できるが、アリエル曰く真祖の龍らしい。

すごいんだな、と他人事のように驚いていると、アリエルから信じられないという目で見られた。

でもなぜか俺には、言うほど怖さは感じなかった。

木村の戦略と夏目の技術力を貫通したのは脅威だと思うが、ポーションなどの回復薬は〈任意設定ガチャ〉で魔素さえあれば出し放題。死んでなければ復活可能だ。

そんな力があれば、大抵の敵を乗り越えられると思うのも無理はないだろう。

「杜若さん、城下町全域に〈精神安定〉を」

「もうやっていますわ！」

「さすが！　俺たちはとりあえず、避難までの時間稼ぎをしましょうかね」

俺がそう言うと、アリエルが腕を掴んで引き止めた。

「待って、雄介！　行かないで。あいつは今までの敵とは本当に別次元なの。今度こそ死んじゃうわ！」

「いや、大丈夫だって。さっきこっそりステータス上げたし」

「違うの！　あいつの攻撃は直接魂に届くの。殺すのも操るのも自在なの！」

なにそれ、極悪すぎない？　さすがラスボスって感じだな。

「エラールも同じようなことできるじゃん？」

薫が率直な反応をする。

「全くの別物よ。この子の『ネクロマンシー』は、あくまでも意識のない相手の肉体を乗っ取るもの。あいつのは意識があっても関係ないのよ。ずっと動かずに静観してたのに。どうして今になって出てくるのよ……」

そりゃ、手足にしてた厄災龍が帰って来ないから探しに来たとかじゃないかな？

「阿久津君、聞いてる限りじゃ私たちの出番はなさそうよ？」

委員長が困った顔をした。

「いや、でも好き勝手にはさせらんねぇだろ。誰かが行って時間を稼がなきゃさ……」

そこで、スクリーンを見ていたアリエルが叫ぶ。

「どうしてロギンがグラドの前に⁉」

ロギンって確か、エラールを操っていた奴だよな？

その男が、仲間でありボスであるグラドって奴に宣戦布告しているってことは……

つまり仲間割れになるのか？

そういうのは自分たちの国でやってほしいな。国を守る勇者からしたらかなり迷惑な話だ。

「これ、どっちの応援をしてやればいいんだ⁉」

俺がアリエルに聞くと同時に、夏目が叫ぶ。

「取り敢えず転送するぞ！　緊急転送！　そぉーい！」

俺たちは一瞬でドリュアネスの緊急避難路へと転送されていた。

どうやら味方全員を強制的にここに飛ばしたようだ。

それがあるなら、もっと早くに使ってくれよ。

そう思いつつ先に進むと、避難する人々の姿が目に入った。

だが、どこか彼らの様子がおかしい。どこか焦点が合わずに虚空を見上げて放心していた。

「杜若さん！」

「これは、どうやら操られているみたいですね。〈精神安定〉！」

バタバタと避難民が倒れる。今すぐに手当てしなきゃいけないレベルの怪我を負ってる人たちに、俺たちはポーションを飲ませた。

そして、無事回復した数名の人たちを介抱して事情を聞く。

すると、どうしてこうなったのかの全貌が見えてきた。

端的に言えば、いつの間にか入ってきた子供たちに瞬く間に乗っ取られたとのことだ。

ランクの高い冒険者がいたにもかかわらず、赤子の手をひねるように転がされて、次々に立ち上がる気力も失せて意識を失ったそうだ。

「エラールのような精神攻撃か？」

俺が尋ねると、委員長が首を横に振った。

「いいえ、違うわね、この人たちのステータス、各項目がゼロになってるわ」

「ゼロ？　元から低いとかじゃなくてそんなことできる奴が敵にいるってことか？」

次の俺の質問に答えたのは、アリエルだった。

「それはきっとロギンの仕業よ。あいつの職能は『クランマスター』だから」

「クラン……確か同じ目的を持つ集団だったかしら？」

聞き慣れない言葉だったのか、首を傾げる委員長。

「私も詳しくは知らないわ、でも……あいつはパーティーを組む、クランメンバーに入れたメンバーのステータスを自在に操る。自分を強化したり、仲間に分配したり自由にね。あいつの目的が最初から謀反だったら、全ての辻褄が合うわね。ここにいる避難民は捕虜であると同時にあいつのステータス補充先になったってわけ。ことが済めば返すと思うけど、あいつはこすっからい奴だから散々要求してくるわ。元の生活をしたければ自分たちにも見返りを寄越せとかね」

「そんなんでいいのか？」

アリエルはそのロギンと馬が合わないのか、毛嫌いしているように語るが、俺からしたらそんなに嫌な奴という風には思わなかった。

「そんなんでって、雄介は甘いのよ！　あいつらの要求は際限ないわよ？」

いや、アリエルやクラスメイト、各国の勇者たちの食欲も際限ないからな。

今更一人二人増えようと関係ない。

俺としては、魔素の調達さえしてくれたら商品の提供は吝かではない。

さすがにクラスメイトまで差し出せって言われたら抵抗するが……

「とりあえずこの人たちは今のままだと、ステータスがゼロなんだろ。せめて日常生活に支障が出ないくらいまでに、ガチャ回せるようにするか？」

俺の提案に、アリエルは渋い顔をした。

「搾取できるステータスに余剰分があるってわかったら、あいつが見逃さないわよ？」

「だろうな。だからここに置いておいて、取られたら補充してもらうようにするんだよ」

「奪われる前提で置くの？　それじゃあ雄介の懐に銅貨が入るだけじゃないの……って、それが狙い？」

俺は言葉で返さず、ニッと笑った。

呆れる様に笑うアリエルを横目に〈任意設定ガチャ〉を置く。

〈任意設定ガチャ〉の中にはポーションを並べ、隣にステータスガチャを置く。

ガチャはスロットマシーンみたいな感じで、コインの代わりにステータスが増える感じ。

ポーションは効果は同じだが、味が違うやつをイメージした。

「こんな感じでどうよ？」

「また奇怪なもの設置して」

「ここにあるの、普通に缶ジュースに見えるけど。この世界の人でプルタブの開け方が分かる人いるの？」

俺がドヤ顔で見せると、委員長と薫からツッコミが入った。

「あ、やべ」

味の違うポーションで缶ジュースをイメージした結果、缶の飲み物が出る自販機になってしまった。流石に技術革新しすぎたか？

「まぁいいじゃん。とりあえず買って飲む姿を見せて、興味をひこうぜ」

「自分からお手本を見せるのね。でもこれ、飲み終わったらゴミ出るでしょ？」

「え、出ないでしょ？」

「出るわよ」

俺は、今までガチャで出した丼物の器やポーション瓶が消えた経験から、この缶もなくなると確信していた。

だが、委員長は絶対に残るって言い切る。

ここで問答していても始まらないので、俺はとりあえず飲もうと促した。

「ま、飲み切って出たら考えようぜ」

「まったく、阿久津君ったら、出たとこ勝負なんだから」

「まぁまぁ由乃。それが阿久津さんのいいところですから」

「そうだよ錦さん。雄介だって何か考えがあってそう言ってるはずだし、飲んでみよ？」

呆れた表情をする委員長を、杜若さんと薫がとりなした。

「それもそうね。私ったらだめだわ。どうも難しく考えてしまいがちで。あら、美味しいわ。素朴だけど好きな味。喉もスッキリするし、良いわね。ところでこれ中身は何かしら？」

「味代わりのポーション」

「そうなのね」

「ポーションがこんなに気軽に買えたら同業者は廃業しちゃうねー」

薫が楽しげに応える。

そうじゃん、あれほどポーションを買いやすくするのはダメだって言われてたのに、ヤバいな。

そりゃ委員長が呆れるワケだ。

「あ、でも。ほら、一応これは急場凌ぎだからさ。値段設定は高めだし」

「価格帯が高くても、独占する人はいるわよ？」

つい最近のことなのに忘れたの？　と小言が降ってくる。

俺のことを思って言ってくれているんだろうけど、あんまりうるさく言われると参っちゃうよ。

「んじゃ、魔素量還元型にするか。でも、魔素は食わないので素材投入で購入権が得られるとかどうだ？　ここを開けると素材投入口があって、その分のコインが支払われるとか」

「それでも同業者は廃業だよねー」

「い、一時しのぎだから！　薫も意地悪言うなよー」

補欠四人組でワイワイやってると、意識を取り戻した避難民が自販機に気がついた。

「うう、痛た。酷い目にあったよ。おや、これはなんだろう？」

すぐに委員長は避難民に機械を紹介する。

「ああ、これはどうもエルフ側の技術のポーションオートメーションドリンカーらしいです」

「ぽーしょんおーとめーしょんどりんかー？」

そして委員長は、復唱するおじさんにしたり顔で説明を始めた。

あくまでこの機械は偶然見つけた体で話を進めているため、委員長は初見のふりをして説明する。

先ほどの俺の説明を元に、「素材を設置しておくことで味を変えたポーションが買えるようになるみたいです」と説明。

話しかけてきたおじさんは、神妙な顔つきでまじまじ見ている。

エルフの技術への関心か、はたまた嫉妬かは測りかねる。

「素材を設置したからといって、ポーションにはならないと？」

「設置は設置で、ポーションにする過程は別っぽいです。先ほど私たちが素材を補充したので、今なら素材がある分購入ができますね。ただ、自動で作ってくれるからか割高です。その代わり、素材の味を封じ込めるためにこのように密封されていました」

委員長が俺に一本出せと言うので、ガチャを回して出す。

「これは……鉄？　にしては随分と薄く柔らかいね。中に空気が入ってて地面に落としても多少は平気なのかな？　味は……美味しい。こいつがポーションと言われても、みんなは信用しないんじゃないかな？」

随分と説明くさい印象。

何者かと聞いたら、薫の懸念していた同業者だった。

道理でやたらとポーションに精通しているようである。

「それで、これに素材を投入すると素材の代金は回収できると？」

同業者のおじさんが不思議そうに確認する。

どうも彼は、こちらに逃げてきた時に素材をわんさか持ってきたようだ。

もうこの機械のことは、この人に任しちゃって良くないか？

「売れ行きが良ければ。ですが素材の代金以外にも魔素というのが必要です。ここに表記される数字が魔素の残量を示していて、味のタイプによって変動する数値が変わるみたいです」

元の数値は百で、今は八十だ。みかんジュース味が一回で十五消費するので、それぱっかり売れるとあっという間に品切れだ。

「私たちも詳しくはわかりませんが、ここに何かを入れると素材の代金代わりになるんじゃないかってことはさっき試しました」

委員長があからさまに怪しいと魔石投入スポットを指す。

「なるほど、その大きさの何かがあればいいいと？　ありがとう。こっちでも本業を続けられそうだよ。ドラグネスが攻めてきて、こっちに移ってきたんだけど、篭りっぱなしになると思うと色々不安でね？　少しは気晴らしになる」

「それならよかったです」

委員長はおじさんに笑顔を向けた。

「では僕たちはこれで。ポーションは飲み終わったら消えてなくなるので、ゴミの回収はしなくてよさそうです」

薫も補足を加えた。

「わかった、それでそっちの台は？」

「さぁ？　絵柄を揃えて遊ぶ遊戯のようです。僕たちは意図までわかりませんでした」

おじさんの質問に薫も適当に答えた。

当事者として説明すると、色々面倒臭くなりそうだからだろう。俺だったらいちいち説明してたな。

補欠組の仲間たちは、こう言うところが頼りになる。


「で、ラスボスはロギンに任せるとして、私たちは動かなくていいワケ？」

捕虜として捕まった人たちの介抱を終えたところで、アリエルが確認してきた。

できるだけ俺に前に出てほしくないと願いつつも、何もしないのは落ち着かないらしい。

俺は思考をまとめながら答えた。

「まずドリュアネスのみんなと連絡を取るところからだな。もしそのロギン？　って奴が精霊機の力まで奪ってたら、ここも危ない。なにせ最重要戦力がなくなるからな。国としてはうちの避難民を匿ってもらっている以上、見て見ぬ振りはできない」

アリエルは何やら納得していないようだ。早く逃げることを勧めたいのだろう。

「それも勇者としての務めってワケ？」

「いやいや、俺はそういうのを放っておけないタチでさ。性分ってやつだな？　アリエルにはわかんないかなー？」

とぼけて見せると、薫の相槌が入る。

「雄介はほら、お人好しだから」

「わかんない、わかんない！　他人のことまで気にする必要あるの？」

アリエルは駄々をこねた。

生きてきた世界も違うし、俺の考えを完全に理解できないのも無理はないだろう。劣悪な環境で育ったアリエルなら、なおさら自分のことを優先してしまうのも仕方がない。

そんな彼女に俺たちの気持ちを押し付けるのも違うしな。

だから俺は本心を語る。

「なんだかんだ世話になったしな。俺、ここの人たちが好きだぜ？　もちろんムーンスレイのみんなもさ」

「あたしの存在は、迷惑？」

「そんなことはないって。俺は、俺が出会った全員を大切にしたい。アリエルやエラールと仲良くなれたように、他の勇者とも仲良くなれると思ってるんだ。実際はいがみ合っているのも境遇の違い。これまでも、衣食住が整えば争う理由は消えたんだ。そして俺たちにはそれを用意する手段がある。お互い争い合う勇者として呼ばれたが、それは国側の都合だ。俺たちだって拒否権があるわけだよ」

「ええ、そうね。だから私は、自分の意志でグルストンについたし、ドラグネスを裏切ったわ」

「そう。そして俺たちは召喚された勇者たちが、手を取り合えるようになることを願っている。今はそうじゃなくてもさ、いつかそうなるかもしれないじゃん？」

「そんな都合のいい未来なんてないわよ。未来は自分の手で掴むものだから」

「そっか。じゃあ俺も、目標目指して頑張ってみるよ」

そこまで俺が話したところで、アリエルがため息をついた。

やっぱりダメだったかな。

「そうね、雄介はそうするといいわ。もちろん、私たちも協力してあげる」

「いいのか？」

呆れられると思った俺は、アリエルの回答に驚いた。

「いい加減に恩を返したいのよ。あたしたち、雄介の世話になりっぱなしじゃない？」

「いやいや、結構返してもらってるぜ？　エラールと対峙した時も、俺はただ落下するしかなかったのに助けてくれたじゃないか」

「そうだったかしら？」

アリエルは結構忘れっぽいところがある。

とぼけているだけなのか、それとも……

アリエルとエラールの説得を終えた俺たちは、まずはドリュアネス内部の状況調査を行うことにした。


避難民の居住区を抜け、ドワーフの工房へと辿り着く。

「坊主、どうした？　そんなに慌てて」

親方はいつも通りバンデットの改修、改良に試行錯誤していた。

どうやらドワーフ側はエルフの里が襲撃を受けた件は知らないようだ。

事情を説明すると、親方が歯を剥き出しにしながら獰猛(どうもう)に笑う。

「つまり、ワシの力が必要だってことだな？」

親方の言う通り、俺は親方に協力を仰ぎに来た。

普段いがみ合ってるエルフとドワーフ。

技術提供をしあっているが、それ以外では顔も合わせず、友好的でもない。

そんな中で、すぐに協力しようと力を貸してくれる親方のガンツさんはすごい人だ。

「ついに、ワシらの技術が奴らに届くところを見せつける時が来たってワケじゃな？」

……違った、技術を見せつけたいだけだった。

どこまで行っても自分本位で困るが、頼もしいことには変わりない。

親方が俺たちを連れて工房の奥まで行ってから、声を張った。

「ついにコイツをお披露目する時が来たか！　お前らも手伝え。コイツは五人乗りだからな！」

そう言って見せられたのはバンデットの機体をより大きくした巨大ロボット。

親方は快活に言い放ったが、親方以外のドワーフはここにはいない。

つまり残りの四人は俺たち、またはアリエル、エラールの誰かに任せるということだろう。

ぶっつけ本番で巨大ロボットの操縦なんてできるか？

と、一瞬思ったが、俺たちはこれまでも数々の修羅場(しゅらば)を乗り越えてきた。

「やろうぜ、みんな」

俺が機体の方に向かいつつ、みんなに声をかけると——

「いや、こういうのは夏目君呼んだ方がいいって。僕はパス」

薫が真っ先に拒否する。

「私も」

「わたくしも」

「あたしも……これがなんだか意味わかんないし」

「わ、私も」

それに続いて委員長、杜若さん、アリエル、エラールが順番に首を横に振った。

これはいつぞやの三上が戦っている時に俺がやった流れと同じなのでは？

まるで打ち合わせしていたかのような息の合い方で手のひらを返されて、叫びたくなった。

今ならお前の気持ちがわかるぜ、三上。

「いや、普通に単身で乗り込めば良くない？　かえって邪魔だよ、これ」

薫から正直な感想が飛ぶ。痛恨の一撃だ。まぁ生身の方が強いもんな、俺ら。

仕方ないので、俺は親方と秘密兵器の巨大ロボットを担いでグルストンへ転移。

合同訓練中の三上や木下、ムーンスレイ組には引き続き厄災龍の相手を頼みつつ、グルストンにいた中でロボットが好きそうなやつをスカウトしてきた。

「移動系は僕に任せてよ。この巨体なら僕の『人形使い』にうってつけだ」

節黒が愉快そうに快諾する。

運転が他のパイロットの人命を無視する過激なものになりそうな不安が出てきた。

「武装の制御は俺に任せろ」

火器の扱いは夏目に決まった。こっちも担当が夏目でいいのか甚だ疑問だ。

きっと予期してない武器が後付けされるんじゃないかな？

「そうだな、じゃあ俺は戦略担当だ。戦い方の指示を出す。節黒や夏目は俺の指揮で動いてくれ」

木村が自信満々に言った。

「木村、俺はどうすればいい？」

「阿久津は自由枠だな」

なんだよそれ！　持ってきたの俺だぞ？　まぁ生身の方が強いけどさ！

こうして俺、節黒、夏目、木村、親方の即席パイロットチームができた。

「ガッハッハ、お前ら、この機体に躊躇せず乗り込むか。こんな愉快なことはない」

俺たちが担当決めで揉めている時に、親方は全く違うところで笑っていた。

「親方？」

俺が首を傾げる。

「いや、坊主の友たちというだけあって、ロマンがわかるいい仲間じゃないか」

うーん、みんな自分勝手にやりたいようにやっているだけだと思うぞ？

まぁ実際、巨大ロボットに乗れるってなったら、興奮状態になるのも無理はない。

コイツらはこぞって、そっちの道に傾倒（けいとう）している変人だからな。

それは親方にも言えることだが。

巨大ロボットに乗り込む際、委員長からくれぐれも油断しないようにと釘を刺される。

ただでさえツッコミ役がいなくなるからな。委員長の不安はわかる。

「さぁ、サクッと救出すんぞ！」

俺がそう言うと、ロボットが宙に浮き出す。

「「「「いってらっしゃーい」」」」

アリエルやエラール、委員長たちに見送られて、俺たちは節黒の制御によって空を飛んだ。

ジェット噴射とは違う、『人形使い』の操作で、巨体が浮遊している。

無骨な巨体が空を舞う。それは誰の目にも奇異に見えただろう。

「ふぅん？　貴様が現れるということは、最初から仕組まれていたのか？」

上空から降りるなり、俺、ロギンを見下したクソドラゴンのグラドが舐めた態度を取る。

「アンタとは白黒付けたかったからな。どっちが格上か決めようや。ロアミー、出番だ！」

部下にリミッター解除のサインを送ると同時に、腰に提げた刀に魔力が灯る。

「ほう、貴様。俺の同胞を従えたか？　これは評価を変えなければならんな？」

俺の刀に嵌め込まれた宝石を見て、ニヤリと笑った。

どこまでも舐めくさった視線。だが今までの俺だと思ってくれているなら好都合だ。

グルストンからパクッた技術とあわせてさらに研ぎ澄まされた力で、こいつを倒す。

「うらぁ！」

「ほぅ、全くの付け焼き刃というわけでもないようだ。なかなかに鋭い剣閃。俺が受けても傷を負いそうだ」

「そりゃ良かったな、とっととくたばれ！」

クロスしながら上半身を切り裂こうと突進し、開いたボディに蹴りを入れる。

百万を超えたこちらのステータスによって、クソドラゴンはぶっ飛んだ。

だが奴は大したダメージを受けた様子もなく、ピンピンしている。

「ボス！　あいつ、ＨＰ回復してるよ！」

魔導具作りの天才のロアミーが、残りＨＰが数値化して見えるメガネで後方サポート。

実際は遠くにいるが、すぐそばから聞こえてくるのは耳につけたイヤリングで連絡を取り合っているからだ。

ロアミーはここから二百キロメートル先。

万が一にも被害は及ばねぇ。俺は家族を大切にする男だからよ！

「ふぅん、そこに居るな？」

俺と対峙してるはずのクソドラゴンは俺の方を見ず、目の前に光る穴を開けてそこに腕を突っ込んだ。

おい、テメェ。どこを見てやがる！

「あぐ、うぁ！」

イヤリング越しにロアミーの苦しむ声が聞こえる。

クソッタレ！　あいつの攻撃に距離は関係ねぇのかよ！

「やぁめろぉ！」

「ふん、護るものがあると大変だな、弱きものよ。永遠に眠れ――終末の宴」

俺の意識は白濁し、力が奪われる感覚。

なんだよ、これは！

こんな、はずじゃあ。俺はもっと上手くやれるはずだったのに。ちくしょう、ちくしょう！　ここで負けるのかよ⁉

「ふん、お前如きじゃこんなものか」

クソドラゴンは銀色の杯を揺らしながら俺を見下ろす。

振り上げた足が、俺の頭を踏んだ。

意識は暗転し、目の前が真っ赤に染まった。

「ふん、こんなものか」
グラドは大した手ごたえを感じることなく、鼻を鳴らした。
堂々と出てきたので少しは期待したが、所詮はステータスのゴリ押し。

これならまだあの娘たちの方が好ましい。

「ほら、起きろ」

魂を封じられていると思われるコアを破壊し、術者らしき小娘も始末した。自らの創造した世界だ。グラド達の術式にも至らない、取るに足らないものだと仮定して小娘たちを起こしてみるが、目を覚ます様子は一切ない。

「ぬ？」

いつの間にか始末したはずの男が消えている。まだ生きていることを知って、彼は眉を顰めた。

どんな方法で眼前から消えたかは謎だが……

娘たちは起きず、何も得られない。小娘(アリエル)の行方も知れない。

グラドは自らが誘い出されたことに思い至る。

「くく……」

思わずグラドは笑い声を漏らす。これが笑わずにいられるものか。

「この三億年、俺をここまでコケにしてくれた生命体はなかなかいないぞ？」

炙り出すのも慣れている。グラドは、自らをコケにしたものを暴力のかぎりを尽くして炙り出そうと決意した。

「待っていろ、劣等種族ども。貴様らの命は創造主たる俺が余さず利用してやるからな！　ククク、フハハ、ハーハッハッハッハ！」

まったく、手間ばかりかけさせてくれる。どこにいようと逃げ場などないというのにな、とグラドは嘲笑しながら、その場で次の一手を考えた。

「っと、間一髪！　緊急離脱すっぞ、ザッシュ！」

「了解」

ロギンとロアミーを救出したのは、二人が意識喪失前に全てのステータスを譲り渡していたクロンとザッシュの二名だった。

「ロアミー！　クソ、許せねぇぜ、あのクソッタレめ！」

「今は長耳たちの拠点に戻るぞ。ここもあいつの攻撃範囲内だ」

「わかってる」

クロンの職能『箱庭』はステータス依存型。

ロギンから手渡された百万ものステータスで領域を拡大させ、二人を手元に引き寄せたのだ。

ロギンもロアミーも放っておけば死ぬかも知れない致命傷だった。

クロンたちは危険を回避するのと同時に、拠点で出回ってるポーションでの回復を目論む。

「待っていたわよ、アンタたち」

そこにかつて一緒のスラムで鎬を削りあった少女、アリエルが立ちはだかった。

「アリエル、お前生きていたのか⁉」

致命傷のロギンとロアミーを背後に隠して応戦しようとするクロン、ザッシュ両名。

だが、二人は突如耐え難い苦痛に襲われ、その場にのたうち回る。

「ギャッ」

「アグッ」

「なんだ、これは。女！　俺たちになにをした！」

痛む頭を押さえながら、クロンがアリエルの隣にいた由乃に吠えた。

「ダメよ、アリエル。その人たちは私たちにとっては敵なの。自由にさせるわけにはいかないのよ」

由乃は、クロンたちを同じ人間とは思えぬような視線でねじ伏せる。

同年代の少女に初めて恐れを抱くクロン。

「……そう。そうね、由乃たちにとっては敵よね……同郷のよしみで話を聞くこともダメ？」

「アリエル？　お前は……俺たちを裏切ったのか？」

苦痛に苛まれる中、クロンは敵の女、由乃と仲良さそうにしているアリエルを咎め、敵愾心を強めた。

裏切りもへったくれもない、同郷であっても袂を分かった間柄だが……

クロンの中では、かつて仲間だったという思いが上回った。

誰が見ても、どちらが裏切った側かなど一目瞭然だというのに。

「裏切り？　あんたたちがあたしに何をしてきたかなんて、もう忘れてしまったのね。エラールのこともそう。あたしたちはあんたたちに散々苦しめられてきた。裏切られたというのなら、それはあたしたちのセリフよ、クロン！」

「ぐっ」

クロンがその場で蹲る。アリエルの言葉に何も返せない。力で押し付けて、言うことを聞かせていたのは、他ならぬクロンたちの方であった。

「私たちがある程度牽制させてもらうわ。でも、肩入れは許さない」

「まったく、由乃も頭が硬いわね。ただの交渉よ」

「交渉なら僕が判断を見極めるよ。それでいい、錦さん？」

横からやってきた薫が、品定めするようにクロンたちを見てから、アリエルに目配せした。

「冴島君がそう言うなら任せるけど。向こうにはこちらのステータスを奪う者がいるわ。注意だけはさせてもらうわね？」

「少しは信用して欲しいかな？」

委員長と薫の話がまとまりかけたその時、クロンが再び喚いた。

「勝手を言うな！　俺たちは虐げられてきたんだ！　自由になる権利がある！」

「虐げられてきた？　そう、それはご苦労様。でもだからって他者を虐げていい理由にはならないのよ」

委員長がそう言うと、またもクロンたちに痛みが襲いかかる。

彼らは芋虫のように地面に転がされ、何もできずにいた。

「さて、クロン、ザッシュ。アンタたち、あたしに協力なさい。それによっては、その二人を助けてあげても良いわよ？」

アリエルが不敵な笑みをたたえた。

由乃の背後では、その状況を固唾(かたず)を呑んで見守るドラグネスの勇者たちがいる。

空間を捻じ曲げてバリアを突破してきたナッシュだ。

「ヤベェよ。クロンさんがあのザマだ。ボスも捕まっちまったし、俺たちどうする？」

「こっちにきてお話に加わったらどうかしら？」

「え、お姉さん、誰？」

いつの間にかそこにいた女性からの声に、腑抜けたような返しをするナッシュ。

ナッシュの仲間たちも同様に、全く無警戒の場所に突然現れた者たちに驚くが――

「待って、わたくしたちは争うつもりはありません。詳しいお話を聞きたいの。よかったらお食事しながらでもどう？」

手渡されたトレーには、紙に包まれたハンバーガーとポテト、コーラが並んでいた。

話を聞くだけでそれらが手に入れられるとなれば、断る言葉を持たぬナッシュだった。

みゆりは、食事と引き換えにナッシュたちから目的を聞き出すことに成功した。

なかなか口を割らずにいるクロン、ザッシュたちの前に、彼女はすぐに向かう。

「あら、みゆり。その調子だと上手くいったようね？」

「やはり彼らは衣食住を求めての行動でした。手始めにジャンクフードをお渡ししたら、すごい食いつきで」

困ったように眉を寄せるみゆり。由乃は狙ってやっただろうにとため息をついた。

そして彼らの目的が判明したところで、吉乃は改めて交渉を開始した。

残りはクロンとザッシュを説得するだけとなった交渉は、思いのほかすんなりまとまった。

しかし……

「ボス、起きてくださいよ！　ボス～～！」

ポーションで意識を回復させて復帰したロアミーと違い、ロギンだけは意識が戻らない。

まるで魂を抜かれてしまったかのような、体だけ元気で、心がそこにないような抜け殻状態だ。

生き残った元スラム出身の仲間なだけに、アリエルでさえも心を痛めている。

「こんな時、雄介がいてくれたらなんとかしてくれそうなのに」

アリエルはそう呟くが、その頼みの綱の雄介は、今はロボットに乗って空へ向かってしまった。

時間稼ぎと言いつつ、もしかしたら元凶を叩きにいったのかもしれない。

雄介は、これまでも解決不可能な事件をステータスのゴリ押しと人の好さで解決してきた。

だからこそ、アリエルはここぞという時に彼を頼るようになっていた。

冴島薫、錦由乃、杜若みゆりも同様だ。

あの突き抜けて明るい性格に何度も救われてきた。

補欠組は四人揃って一人前。

でもそこに雄介がいないだけで、自分はなんと無力なのかと思い知らされる。

雄介だってそう思うだろうが、残りの三人もまた同じくらいに依存していたのである。

そんな時、今まで傍観を続けてきたエラールが初めて口を開いた。

「肉体を保持しないと、キケン」

「エラール、この状態が何かわかるの?」

アリエルの指摘に頷くエラール。

「わかる。私の職能は『ネクロマンサー』だもん。今のボス――ロギンは魂が抜け落ちている状態。魂を集めることはできるけど、それはロギンじゃない誰かになる。そういう意味では、起こすことは可能。でも、それをやったらロギン本来の魂は二度と肉体に戻れなくなる。だからやらない」

「肉体だけのままだと何が問題なの?」

「魂の宿らない肉体は動き方を忘れて退化する。鍛えた筋肉も、使い方を忘れて赤子まで落ちていく。時の経過はキケン」

そこまで話を聞いて、薫が前に出た。

「なら僕が収容する」

「冴島君、可能なの？」

由乃が不安げに確認する。

「これを生きていると定義しなければ、僕の能力で維持できるはずだ。問題ないと思う。ドラグネスの勇者たち、契約だ。僕が彼の肉体を保存する代わりに、君には借金を負ってもらう」

「勝手に決めるな！」

クロンが立ち上がって言った。

「説明を省きすぎよ、冴島君。ごめんなさい、彼の能力は〈差し押さえ〉。つまり契約を交わして、相手の支払いができない状況になっていることを前提に接収するの。裏を返せば、彼に借金している間はボスさんの体はそのまま維持されるわ。こんな説明でいいかしら？」

「十分だよ、錦さん。でも、借金とはいっても、そもそも財源がないだろう。だから僕が君たちに融資をする。そうだね……グルストンで使える通貨百万でどうだろう？　しかし三日以内に返してもらう。それができないようなら、君たちのボスは僕が差し押さえる。そういう契約を結ばないと僕の能力は発動しない。どうだい、君たち。乗るかい？」

「そんな、こっちに都合の良い契約でいいのか？」

ザッシュやクロン、ナッシュが理解できないと戸惑う。

「勘違いしないように言っておくけど、僕の取り立ては厳しいよ？　背負った借金は君たちの財産であると同時に、こちらが貸した元金だ。だから借りた金額の倍額を返してもらう。それから当然利子もつける。ボスを助けるんだ、これくらいはいいだろう？」

冴島薫の言い分に、話を聞いていたナッシュたちは上手い話には裏があるという教訓を思い出させられた。

「きったねぇ！　情報の後出しなんてずるいぞ⁉」

ナッシュが真っ先に異を唱える。

「コイツ、悪質な奴よ？　スラムの大人たち以上に」

アリエルが薫を評価する。

転移させられる前に散々煮え湯を飲ませられ、虐げられてきた存在ですら生ぬるいと評したのだ。

「アリエルからも譲歩するように説得してくれよ！」

それに怯えたスラムメンバー一同。力を持って、圧倒できても、根っこの部分はまだ子供だった。

「それを私に頼むのも筋違（すじちが）いなのよね？　あたしは群れることを嫌い、アンタたちはそいつのうまい話に乗った。それを今更生まれた場所が同じだから助けてくれっていうのは、都合が良すぎるんじゃないのかしら？」

「くそ！　わかったよ！　とりあえずその契約に乗ってやる！」

クロンが諦めたように言い放った。

「ひとまずは一件落着かしら？」

「まだ厄介なのが残ってるよ。この世界の悪意の元凶がね？」

安堵する由乃へ薫が返答する。

思い出したくもない頭痛の種、グラド・ドラグネスはまだ健在である。

空間すら跳躍してみせる相手がこの場所を見つけ出すのも時間の問題だ。

エルフの技術がどれほど優れていようと、相手の力は未知数。

不安を煽るような薫の言葉に、由乃は重いため息を吐いた。

8　最終局面

ドワーフの決戦兵器グレートバンデットスーパーを駆る俺、阿久津とその仲間は――

「ここどこぉ？」

絶賛迷子になっていた。

それもそのはず、エルフの居住区には権利を持つ者にしか出入りできない制限がかかっている。

地続きの世界とはまた別の虚空世界。そこは時間の流れが非常に遅く、エルフの技術躍進はその中で完結していた。

「ええい、元老院の奴らめ、次元湾曲システムなどで引き篭もりおって！　埒があかん、次元に穴を開けるぞ。武器担当、背中の大砲を構えろ」

親方が指示を飛ばす。

「あいあいさー」

夏目がボタンをポチッと押す。

「姿勢制御ヨーシ」

節黒が足を大地にめり込ませて砲身がブレないように固定。

「エネルギー充填。三十パーセント……五十パーセント……八十パーセント……」

「百二十パーセントまで引き上げろ！」

夏目が充填エネルギーの測量を始め、そこへ親方が指示を出した。

「砲身が持たないよ⁉」

悲鳴を上げる節黒。

「だったら付け足せば良いだろ！　そこら辺から素材を片っ端から集めてきてくれ！　俺がガチャでなんとかする！」

何もしてなくて暇な俺は、操縦席から降りて駆け出し、片っ端から石や鉱石を集めてガチャに放り込んだ。

〈素材合成ガチャ〉、今が進化を見せる時だろ!? 俺の無茶な要望に応えてメッセージが現れる。

〈素材合成ガチャに武装追加パッケージが拡張されました〉


リストアップされる様々な武器。

俺の妄想を具現化した一覧がポップアップする。

「受け取れ、節黒ぉ！」

「換装！　行けるよ、夏目君！」

機体を制御する節黒が砲身を換装する。

それでも溜め込んだエネルギーに耐えきれずに、砲身が溶け始める。ええい、こんな時にもっと頑丈な鉱石があれば！

そうだ、魔石とか使えるんじゃないか？

魔素用に取っておいた据え置きモンスターを、〈解体ガチャ〉で魔石が出るまで回し続ける。

数個の魔石を手に入れて投入、魔石の効果が乗った武器が現れた。

ビンゴ！

「節黒ぉ！　新しい砲身だ！」

「何これ、真っ青！」

最高級品の青い魔石で造られた武器だ。

「換装！　すごい、これなら真っ直ぐ狙えそうだ！」

「エネルギー充填。百五十パーセント、行けます！」

すぐに夏目が声を上げた。

「ぶっ放せぇえええ！」

俺が叫び、砲身から高エネルギーのレーザーが発射された。

「ファイヤ！」

節黒が威勢よく言い放つ。

ゴッ！

ぶれる機体。つんざく破砕音。一面が光に呑まれ、そして阻んでいた次元の壁が破られた。

さっきまで何の変哲もない野原だった場所は変貌して、後ろ手に縛られたエルフの元老院たちが現れる。

田代さんをはじめとした勇者も同行しているが、軒並み気力が持っていかれて抗う力も失っているようだった。

親方が颯爽とコックピットから降りる。

「よう、助けに来たぜ、隣人？」

そして歯をむき出しにしながらかっこいいセリフを吐いた。

「ガンツ、お前……どうやって次元の壁を？」

驚きの声を上げたのは元老院の一人、ササモリさんだ。

「ササモリさん！」

この中で面識がある俺と夏目も親方の後に続いて表に出ていく。

「阿久津君？　そうか、君たちが来てくれたか。でもグルストンはどうなった？」

「今は夏目の機転で王宮ごとドリュアネスでお世話になってます。ですがその避難地が危なくなるのも時間の問題かと」

アリエルが怯える敵のボスは、ステータスに関係なく周囲に被害を与える能力の持ち主。

ステータス、スキルを鍛えても無意味だなんて最悪すぎる。

「そうか、しかし君がそこのガンツを引っ張って来てくれるなんて思いもしなかった。礼を言うよ、グルストンの勇者たちよ」

あれ、ササモリさんは俺たちの手柄にしたいのかな？

率先して動き出したのは明らかに親方なのに。

他の元老院の人たちも、ドワーフに助けられたことより、他国の勇者に助けられた方がまだマシか、と頷き合っている。

そんなのってあるかよ！

こんな窮地（きゅうち）に陥（おちい）ってまで、相手の誠意を受け取らないっていうのか？

何かを言い出そうとして飛び出す俺を抑えたのは、他ならぬ親方だった。

「坊主、いいんだ。ワシはもう諦めておる。あ奴らはずっとああじゃ。もう何千年と付き合ってるからわかるんじゃ。あいつらは変わらない。いや、今の生き方を捨てることを恐れておる」

違うだろう、そんなんじゃないはずだ。

「あんたら、助けてもらった恩人に感謝の言葉も言えないのか！　エルフだかなんだか知らないが！　長く生きてたってお礼も言えない奴なんて、どうせろくな奴じゃねぇ！　バカヤロー！」

感情に乗せていつもなら出さないような大声で叫ぶ。けど〈スキル付与ガチャ〉で獲得した〈拡声〉のおかげか、そこまで喉に負担は掛からなかった。

「十数年も生きとらん人間の小童に何がわかる！　我らエルフの崇高な使命が理解できんようでは、所詮人間は人間と言うことよ」

ササモリさんの後ろにいた元老院の一人がため息交じりにそう言った。

だが、ヒートアップした俺はそのまま叫び続ける。

「そうやって自分たちのルールを他者に押し付けて、自分たちが偉いとマウント取ってる老害の話なんて聞く耳持たないね！　勘違いして欲しくないんだが、俺はな？　親方が助けに行くぞって言うのを手伝ったんだ。ずっと因縁のあるドワーフがだぜ？　因縁の相手がピンチになったから助けに行く。その友情が気に入って手を貸したんだ。だと言うのにお前らときたら、助けられて当たり前ってか？　なんだったらもっと早く助けに来いとまで言い出しかねない始末。あんたらが偉ぶるのは勝手だが、そのルールに俺たちを縛り付けないでもらおうか！」

「貴様、雇われ勇者のくせに口が過ぎるぞ！」

「雇われで結構！　俺はやりたい事をやりたくてここにいる。他のみんなもそうだ。俺はこの親方がドワーフだから助けたんじゃねぇ！　この人が好きだから手を貸した。人助けは二の次だ。わかったか！　お前ら！」

「坊主、もう良い。もう良いんじゃ」

まだまだ言い足りないが、それ以上は自分が辛いとばかりに親方が俺を引き止めた。

「ガンツ、今までの無礼の数々すまなかった」

俺の言葉が届いたのか、はたまた自責の念からか、ササモリさんが頭を下げた。

縛られた状態ではあるが、その行動には気持ちが込められているように思う。

「ササモリ殿、血迷ったか？　ドワーフに元老院自らが頭を下げるなど！　エルフの高潔な精神を忘れたか！」

それを咎めるエルフのトップたち。

そうやってメンツばかり大事にするから人付き合いが下手になっていくんだ。

だが、そこで言い返したのはササモリさん本人だった。

「恩人を前に礼を慮(おもんぱか)ることを忘れて何が高潔か。私たちは長く生きすぎた。長く生きすぎたおかげで人付き合いのなんたるかを忘れてしまったのだ。それを先ほど思い出させてもらったよ。ありがとう、グルストンの勇者。いや、私は君個人に頭を下げるべきだな。ありがとう、阿久津雄介君。ずっと心のうちに蟠（わだかま）っていたシコリが取れたようだよ」

「ササモリさん……わかってもらえればいいんです。エルフとドワーフの確執（かくしつ）をよく知らないよそ者ですが、どうしても伝えておきたかったので……余計な口を挟んでしまい、こっちもすいませんでした」

俺たちの想像もできないくらいの長い年月を生きている種族だ。

それを生まれて二十年も生きてない俺に言われたんじゃ、言い返したくなるのもわからなくもない。

「なんだかんだ、阿久津って迷わずそういうことを言えるのが強いよな」

夏目が感心した様子で言う。

「なんだよ、別にこれくらい、誰だって思うことじゃんか」

「思っていても行動に即座に移せないってことさ」

節黒が夏目に続く。

「そんなことねーだろ。みんなだって協力してくれたじゃん」

「正直、お前に言われてなかったら、多分ここまで来ていないからな」

木村まで意外なことを言う。

それに頷く一同。なんて薄情な奴らなんだと思う反面、確かに俺もこっちに転移してきた当時、迷子の子供に対してどこか他人事のよう振る舞ったことがあったと思い出す。

アリエルと一緒に行動して、シグルドさんやシリス、ノヴァさんと出会って、ここに暮らす人たちにも刻んできた歴史や思いがあるって知れて。

それで俺は自分がやりたいと思ったことに躊躇（ちゅうちょ）しなくなったように思う。

ターレス族の集落の時だって、誰よりも戦力外の俺が武術を習おうと思ったのがその証（あかし）。

今まではどこか、行動する前に諦めていた。

でも、心のどこかでわだかまりが残って燻（くすぶ）り続けた。

このままでいいのかっていう葛藤（かっとう）と、ここから脱却したいという思いが、今俺を突き動かしているんだ。

「お前ら……」

俺の考えを察したのか、節黒が口を開いた。

「多分、僕たちは阿久津君ほど外の人たちに触れてこなかったから、どこかで他人だと思ってしまってるんだろうね」

節黒のコメントに感化されて、木村が続ける。

「ああ、きっとそれだな。阿久津はほら、世界中歩いて見てきたじゃん？　俺たちにはそれがないからさ。そこの差だよ」

王宮で鎬（しのぎ）を削りあってきた勇者たちは、他者に対してどこか心の線引きがあったってことか？

「なるほどな。まぁそれはさておき……」

俺はそこで話を切って、元老院たちに向き直った。

「ドリュアネスのみなさん、助けてほしかったら、俺たちに協力してほしい」

と思ったら、俺が話す前に、自分たちが優勢と見た夏目が悪い顔で勝手に交渉を始めていた。

こいつ、話をややこしくする天才か？

「阿久津、さっきの武装類は、種類を指定して出すことができるか？」

「まぁ、素材次第だが、俺のイメージが具現化したものだし、可能だよ」

「それは良いことを聞いた。それではこちらからの提案がある。魔石を素材にした外装パーツがあるんだが、あなたたちはこれをいくらで購入してくれますか？」

「そこに一体どんな意図があるのか計りかねるが、興味はあるな。何ができるんだい？」

「ササモリ殿!?」

夏目の話に乗ったのは、他でもないササモリさん。彼は確かエルフ側の技術の権威だったたって話だ。

「そうですね、次元の壁を越える砲撃に耐えうる砲身、その耐久性もさることながら、魔力伝導率も高い。外装を全てこれに変えるだけで、精霊機のパワーアップも考えられると考えております」

「むぅ、それが可能であれば、是非提案に乗りたいものだ」

「そんな、ササモリ殿!?　我々を裏切る気か？」

元老院の一人が抗議の声を上げた。

「裏切る気なんてない。この機会にあなた方はその熟れきった頭を少し冷やしておいた方が良いだろう。これからの身の振り方も踏まえて、少し考える時間が我々には必要だ。さらにはずっと先延ばしにしてきた外敵からの脅威はいまだ退けていない。今どうすべきか、自分なりに考えた答えだ」

「よし、一名確保！　阿久津、ポーションあげて」

「なんでお前が俺に命令するんだよ。まぁ、言われなくたってあげるけどさ？」

夏目の命令に渋々従い、俺はポーションをササモリさんに渡しに行く。

ロープをちぎって交渉は成立。

いまだこちらを受け入れるか考えあぐねていた他の元老院たちをその場に残して、俺たちはササモリさんとドリュアネスの勇者たちと一緒に移動した。

勇者たちも、ロギンによって失ったステータスを取り戻してもらうために、ガチャを回して回復させている。

それから、夏目がササモリさんと勇者たちにグルストンの各所にワープできる腕時計型端末を渡す。

準備が整ったことを確認して、俺たちはドワーフの工房の格納庫へと移動した。

さぁ、魔改造の始まりだぜ！

「ロギンの件はひとまず終了でいいわね。でもアイツはどうするの？」

あたし――アリエルは、薫たちと一緒にグルストンに戻っていた。

その上空には禍々しいオーラを放つグラド・ドラグネス。

この世界の争いの元凶が立っている。

狙いがわからないかぎり、一方的にいたぶられ続けるだけなんて嫌よ、あたしは。

「お姉ちゃん」

エラールがくいくいと袖を引っ張る。

他の人に聞かれたくない話をする時の彼女の癖だ。

あたしは声を潜めてエラールに聞き返す。

「どうしたの？」

「見つかった」

え？　最初、エラールの言葉の意味がわからなかった。しかし天井の破れる音で**それ**を認識する。

息を呑む。先ほどまでポーションで潤していたと言うのに緊張で喉が渇く。心臓が痛いほど鳴り止まない。

逃げなきゃ、そう思うのに体が動かない。

その姿を目撃した時点で、もう終わり。

一人残らず魂を掌握されたように放心してしまった。

「よもやこんなところに隠れていようとは、探すのに苦労したぞ？　下等種族共め」

「逃げてぇええ！」

グラドが腕を振るうのと、あたしが大声を張り上げるのは同時だった！

「フハハハハ、抵抗するな下等種族共。俺に手間をかけさせるな。疾く散って銀杯の糧となれ――レベッセウスの天蓋」

グラドの言葉に人々は突然魂が抜け落ちたように一歩も動けなくなり、膝から崩れ落ちた。

「なんて出鱈目な能力！　理解していても対応策がないって、どういうこと！」

「でも、効果範囲があるはずだ！　僕が指示する。みんなはそれに従って！」

由乃が苦情を入れ、冴島が対応しようとする。

すごい。ステータスなんてまるで意味ないし、戦闘に向かない能力でそれに抗うというのがまずあり得ないと言うのに、みんな諦めていない。

「ふん、小賢しいのがいるようだな。俺の能力が届く範囲を割り出すか。だったら、これでどうだ？　――シュピテルナムの玉座」

「そんな！　効果の範囲が倍に！」

冴島の表情から全てを察した。

もう逃げ場はないということね？

全員の顔に緊張が走る。

「援護する！」

「三上君⁉」

残りの厄災龍を片付けてきたのか、元気いっぱいの三上が現れた。続いて、駆けつけるグルストンの勇者たち。

「おっと、俺たちがいることも忘れるな？」

あのいけすかないムーンスレイの傭兵たちも現れた。

どんなに強くても、精神に直接作用する能力の前にはどうしようもないのに、どうしてこいつらは自信満々なの？

戦えるはずがないのに……！

「やられっぱなしってのは癪だからな。だろう？　シグルド」

傭兵の一人がそう言った。

「ボス、年寄りは黙って後ろで作戦指揮執ってるもんですぜ？　俺はようやく体があったまってきたところだ」

ゲーム内とはいえ、寿命を削る力をバンバン使った代償か、シグルドの肉体には疲弊の色が見えている。ただの痩せ我慢だ。一体どれだけの寿命を使えばそこまで疲弊するのか？

あたしにはわからない、わかりたくもない。

「嬢ちゃんたちは後ろに下がってな。こっから先は大人がいい格好をするところだぜ？」

こちらに気付いたボスと呼ばれる男が、私たちを下がらせようとする。

「おい！　アタシも戦士だ！　戦わせろぉ！」

「そういうわけで、ウチのシリスを頼むな？　跳ねっ返りだが、根はいいやつなんだ」

シグルドはそう言ってグラドのもとへ突っ込んでいく。

そんな、死にに行くような顔をして責任を押し付けないでよ！　あんたらが死ぬのは勝手だけど、あたしはどうすればいいわけ⁉

「行くぞ！　グルストンの勇者の力を見せてやる！」

「「オオッ！」」

三上を筆頭に、木下、水野、姫乃。知っている奴らが次々と向かっていった。

敵わないと知っていながらどうして前に出られるの？

「フン、数が増えたところで無駄だ！　俺には勝てん！」

グラドの言う通りだ。

三上たちはすぐに倒れた。魂が抜き取られたみたいに動かなくなった。

ロギンが倒れた時のように、誰も何も言わない。

もうどうしようもない。

シグルドや他のムーンスレイの奴らも大きなダメージを与えることはできず、すぐ後に散っていった。

そして、向かっていった者たちが敗れた後、グラドはこちらに近付いてくる。

まだまだ暴れ足りないとばかりに、手が伸ばされた。

あたしは死を覚悟した。

「貴様、見たことのある顔だな？」

「！」

この男にとって、勇者は盤上の駒。

他の厄災龍も同様に、なんの興味も向けないと思っていた。

「まぁ良い。貴様で最後だ。俺の望みのためにその魂、貰い受けるぞ？」

「ぐっ」

首を掴まれ、魂が抜け落ちそうになったところで、あたしは真横から突き飛ばされた。

そこにあったのは大きな盾。

「お姉ちゃんを放せ！」

うそ、やめて！　どうして出てきたの？

あなたは最後の希望なのに。

エラール！

「フン、貴様が代わりになってくれるのか？　どちらでも構わぬ。魂の数値に変わりはないからな」

「あぁ、ぁああ！」

「エラール！」

「お姉ちゃ、生きて……」

がくりと手足が下がり、糸の切れた操り人形のように、エラールがこと切れる。

「いやぁあああああああああああ！」

死んだ、死んでしまった。

エラール、あたしの妹が。

何もできなかった。何もさせてもらえなかった。

どうして、あたしが何をしたって言うのよ。

「これで俺の願望は叶う。馳走になった、俺はようやくこの世界から抜け出せる。さらばだ！　下等種族共！」

グラドが何を言ってるのかもわからない。

私はただ、嗚咽（おえつ）を漏らしていた。

姉と慕われて、いい気になっていた。

ずっとずっと一緒に生きていくものだと思っていた。

こんなふうに最悪の結末を終えるだなんて、夢にも思わなかった。

神様、もしもいるのなら助けてください。

いい子になります。もうわがままは言いません。

お手伝いだってしますから！

どれだけ願おうとも、何も変わらない。

祈る先は途絶え、最後の最後に思い浮かぶ顔はただ一つ。

「助けて、雄介……！」

誰でもない、今まで利用し続けていた都合のいい男の姿。

どんな相手にも怯まず挑む姿は、あたしにとってのヒーローに生まれ変わりつつあった。ここは任せると言ってエルフ救出に向かった雄介。届くはずのない声に、確かに彼は応えてくれた。

「……任せとけ！」

何もない空間から、それは次元を超えてやってきた。

巨大な手が、空間を破る。

その姿は人の形をした異形（いぎょう）。

巨大な鉄のかたまりに見えたそれは、ドラゴンすら凌駕（りょうが）するエネルギーを蓄えて現れた。

「なんか勢い余って誰か轢いたけど、平気？」

俺、阿久津雄介は相も変わらずロボットに乗ったまま、グルストンの上空へと到着した。

新たに操縦者の一人となった司さんが心配そうに尋ねてきた。

アリエルの声が聞こえた気がして、新しく連結した次元エンジンの実験中にその場所に飛び込むと、倒れてる避難民やクラスメイトの姿があった。

一人泣き崩れるアリエルがいるってことは、轢いた相手はきっと悪者に違いない。

なら問題ないな！

「大丈夫だ！」

「いやいやいや、なんら良くないからね⁉」

俺が答えると、すぐに司さんが否定した。

俺のガチャによる改良パーツで、エルフの精霊機と親方の巨大ロボットを組み合わせることに成功した。

精霊機といっても主に司さんのだけなんだけど……

「夏目、倒れてる避難民の救助を」

俺がそう指示すると、夏目がキーボードを弄り始める。

「任された。なぁに、これもちょっとした次元連結システムの応用だ」

倒れている人々の上に魔法陣が覆いかぶさると、別の次元へと運び出される。

「アリエルは回収できるか？」

「可能だ。今呼び込む」

そして間もなく、コックピットにアリエルがやってきた。

「雄介、これは何よ⁉」

転送されるなり、アリエルが俺のもとへ駆け寄ってきた。

「俺のガチャで作ったパーツで融合した超ロボット。エルフとドワーフの合作だぜ？」

「そうじゃなくて！　これならアイツを倒せるの？」

「いや、わかんないけど、夏目が自信満々だから、なんとかなるかなって」

「阿久津君、そこはなんとかなるって言ってあげるところだよ？」

節黒が知ったふうな口を聞いた。

と、そこで――

「ええい、サイズがデカくなったからと、魂を抜き取れば関係ない！　――レベッセウスの天蓋」

目の前の男が叫ぶ。

「あれがグラドの力よ！　この巨体に轢かれて無事なんて」

あいつがグラドか。

アリエルが驚愕しているが、俺からしたら痛々しい中二病の子供にしか見えない。

グラドの叫びの後に、何やら霧が周囲に広がってきた。

「侵食攻撃と判明、次元連結システム起動！」

夏目が空間転移装置を発動し、俺たちはその場から別の時空へとジャンプする。

これが次元と次元を繋ぐシステムの真骨頂とか、夏目は言っているけれど、ついてこられる人は誰もいない。パイロットはただ機体を動かすだけで精一杯だ。

夏目に聞いたところでは、グラドの能力が範囲を指定せずに影響するもののため、同じ空間で移動しても意味がない。だったら、全く別の場所へ飛ぼうという結論に至ったらしい。

他の人では編み出せない解決策だと思う。

霧が晴れるのを見計らって、俺たちは再び元の時空へと帰還する。

超便利だな、これ！

瞬間移動の強化版みたいだ。

でも魔素の消費が激しいから、あんまり使いたくないいんだよ。ドリュアネスの溜め込んだ魔石と、ドワーフの工房に眠る魔石、あとグルストンで集めた魔石を全部投入して動かしている。それが移動のタイミングで切れたら、ガス欠で時空の狭間に投げ飛ばされるらしい。

実は、こっちもギリギリの状態だ。

あんまり楽観視できないのが痛いが、こいつに負けたらどの道バッドエンドだ。

「なんだ！　何がどうなっている！　どうして俺の術が通用しない。まさか、貴様ら、俺の世界の技術に至ったと言うのか？　ありえん！　断じて認めんぞ！」

こちらが攻撃を回避していたら、グラドが突然怒り出した。

「夏目ー、敵さんがお怒りだけど、何かしたの？」

「それより魔素が減り続けてるから、無駄口叩かず倒すのに集中してくれ」

まぁ、敵の事情を夏目が知っているわけないか。

俺の質問に聞く耳持たず、夏目は魔素ゲージを注視しながら指揮する。

「オッケー」

節黒は、まるでゲーム感覚で外装を操作していた。

本体の制御は司さんに任せているから、腕や背に生やした砲塔を好き勝手使って攻撃するのが、彼の役目だ。

しかもドワーフの技術だから使い捨て。

機体の魔素は減らないが、換装パーツを無駄撃ちされると俺が保有している魔素が枯れるので辞めてほしい。食事用の魔素くらいは残してもらいたいものだ。

「阿久津君、おかわりお願い！」

「おま、無駄撃ちすんなよ！　俺のガチャだって無限じゃないんだぞ？」

「威嚇射撃だよ、威嚇射撃」

威嚇射撃は無駄撃ちじゃないみたいな言い方だ。ただぶっ放したいだけだろお前。

「第二射、来ます！」

司さんと一緒に乗り込んだオペレーター役の千歳さんが声を上げる。

それから亜空間にジャンプすると、今度は向こうも同じ空間に飛んでくる。

なるほど、そう言えばさっき同じ技術がどうたら言ってたもんな。

つまり俺たちが使っているものと似た技術が既にあったってことだよな。

「ガレウスの猛追！」

そのガレウスさんがどこの誰かは知りませんがね、こちらは既にたくさんの犠牲を出している。

そろそろお引き取り願わないとな。

「節黒、お前が操縦している機械貸せ！」

「あ、阿久津君はノーコンだから無理だって！」

「できらぁ！」

俺はこっそりと〈投擲〉のスキルを取っているんだ。

ロボットに俺のスキルが反映されるかわからないが、銃で狙って当たらなくても、投げて届かせられたら——

「当たれぇえええ！」

節黒から奪ったコントロールは、電磁マッシャーと呼ばれる当たった相手に電撃を送り込む装置を動かすものだった。

グラドは自分が撃った技の反動で動けなかったのか硬直しており、こっちが投擲した装置が直撃した。

だが大したダメージは受けてない様子だ。

次元の海で激闘が繰り広げられる。

砲撃はどれも効果はなく、互いに致命傷を与えられないまま、やがて俺たちは別の世界へとやってきていた。

そこはかつて文明があったであろう、滅んだ世界。

その場所に辿り着いた時、グラドはその景色を見て放心してしまっていた。


外に空気がちゃんとあると判明してから俺はグラドの元へと駆け寄る。

そこにはかつて文明があったのだろう。俺たちとは違う文明の痕跡だ。

幾何学模様(きかがくもよう)の壁と石碑群。

その中でグラドが一人佇む。

「あんた、結局何がしたかったんだ？」

放心してるグラドに俺は話しかける。

「もう終わったことだ。俺は、ずっとこの世界に帰ることだけを望んでいた」

何かを諦め切った顔で、さっきまでの悪逆非道の限りを尽くした男が語り出す。

グラド・ドラグネス——それは俺たちがいた世界での名前。

魂の名前は別にあり、グーラ・ディ・イースと言うらしい。

男はイースと呼ばれる世界の住人で、惑星探索の際に一人未発達の外惑星に取り残されてしまったそうだ。

宇宙船の燃料は切れ、ただの乗組員だった男に、技術の再開発に燃やす情熱はない。

助けが来ない絶望の日々が続く。

そしてついに自分はその世界の神となり、唯一次元を連結させる装置のエネルギーを満たす術を思いついたということらしい。

それが他者の魂を集めることだった。

精神生命体である彼らにとってのエネルギーは、多種族の魂。よりによって、肉体を痛めつければつけるほど魂の容量は増えるという話で、それゆえに勇者決定戦などを開催して、他者の苦しみを集めていたとのこと。

その話だけで、この種族がクソッタレな奴というのがわかる。

「それで、あんたの目的は果たせたのか？」

「遅すぎたんだ。俺はもっと早く帰るべきだった」

滅んだ後の世界、人々が生活したであろう様子がありありと残っている。俺たちの知らない技術。

興味を見せるのは夏目だけ。

その夏目が、何か突拍子もないことを思いついたように提案する。

「これ、過去に遡(さかのぼ)る分には、その魂のエネルギーって使わなくて済むんじゃないのか？」

「いや、そうだろうが、俺は技術者じゃないからな」

「技術提供者なら俺たちがなってやるよ！」

胸を張る夏目に、ササモリさんとガンツ親方が続いた。

「俺は……お前らを羽虫と詰(なじ)って踏み付けにしていたのだぞ？　そんな俺になぜ情けをかける。同情ならいらぬ！」

「そんなものじゃない。これはちょっとした取引さ。俺たちが用があるのはあんたじゃなく、あんたの握っている魂の方だ。そいつを返して、今後こちらに危害を加えないでさえいてくれたら、別に手を貸してやってもいいってだけさ」

「そんな……俺はもっと早く誰かに相談すればよかったのか？」

いや、こんな荒唐無稽(こうとうむけい)な話は誰も信じないだろう。

俺だって、この世界に飛んだから信じるしかないと思っただけだ。

だが、ステータスを二百三十万まで上げてようやく至った技術だ。

半分ノリでガチャを回したとはいえ、あんたのような脅威がなかったら至れない結果だろう。

「なぁあんた。今の今まで誰にも心を開かずに生きてきたのか？」

「そうだ。俺から見たら、お前らは話の合わない存在だからな」

大人と小学生の会話が合わないみたいな言い分だな。

「それって寂しくないか？　誰か一人にでも心を打ち明けた方が、少しは楽になれたんじゃないか？」

俺の言葉にグラドは俯き、ポツリと言った。

「一人だけ、いると言えばいるな」

「それは？」

「アクエリア、俺が創造主として作り上げた生命体の一つ。この何もない環境下で生きていくために作った素体。いつしか後ろをくっついて歩くようになってな。気がつけば身の上話をしていた。相手は言葉を話せないと思っていたからな」

「あれ？　あの人結構流暢に喋ってなかったっけ？」

「そうだな、アイツは勝手に俺の術を真似て、俺についていけるようにその身を人にまで変えた最初の龍種よ。言葉はわからずとも、アイツとの語らいは良い気晴らしになった」

なんだ、ちゃんと話し相手がいたんじゃん。

なんとも思ってないみたいに言ってるけど、語るその顔は表情豊かに変わっていた。

ここでも生まれや習慣で仲違いすることになってしまったけど……

この人にはこの人なりに思いがあったってことか。

「じゃあさ、もとの世界に帰る時まではアクエリアさんと一緒に時間を過ごしたらどうだ？」

「なぜだ？　アイツはただの人形だぞ？　俺にそんな趣味はない」

「そう思ってるのはあんただけかもしれないってことさ」

「言いたいことはわからないが、お前の言葉は不思議と胸に刺さるな」

9　繋がる二世界

こうして俺たちはグラド・ドラグネスとの和解を果たし、人々も元の生活を取り戻した。

最強最悪の龍の王が、実は俺たちと同じホームシックにかかっていたなんて、人々は思いもしないだろう。

なんせ技術力が天と地ほど違う。

けど、夏目の開発する商品には思い当たる節があるのか、いろいろアドバイスをしていた。

「俺の時代ではこれをこうやって使っていた。アイディアは拙(つたな)いが、伸ばせばもっと良いものになるだろう」

「ふんふん、なるほど」

グラドと夏目が意気投合しているのを見て、俺は微笑ましい気持ちになった。

「まっさか、あの男とまで仲良くなっちゃうなんて。雄介ってほんと変よ」

横からアリエルがそう呟く。

「酷くない？」

グラド、いやグーラから魂を解放された人々は、それぞれの肉体に戻るも、日常に復帰するには時間がかかりそうだ。

クラスメイトも、みんな今頃ベッドに磔だ。

「でもさ、アリエルも思い切ったことしたよな？」

「別にいいじゃない、あたしにとっての家族よ？」

「そりゃそうだけどさ」

アリエルは俺たちに内緒で〈スキル付与ガチャ〉を回した時に〈反魂〉のスキルを獲得していた。

テイム中のドラゴンの魂を、復活させたい対象に宿して定着させることで即死状態でも即復活させることができるというレアスキル。

それもこの中だと、アリエルしか使えないものだった。

だが、もちろん使用したドラゴンの魂はそのまま失われる。

アリエルにとっての家族とも言えるグレイス。その魂をエラールに使うことを彼女は選んだ。

グーラから返してもらった魂を定着させるためには、ネクロマンサーのエラールが必要不可欠だったからだ。

そしてエラールは、正しく人々の命を肉体へと導いた。

解放してもらった魂がすぐには肉体に戻らなかったのもあり、時間は要したが全員分の魂を定着させた。今回のMVPは間違いなくエラールだ。

そしてそのエラールを真っ先に復活させたアリエルもしかりだ。

そしてもう一人、アリエルの親友の竜ともいえるプティの魂を捧げて復活させた者がいる。

「オラ、アリエル！　今日の分のノルマは終わったぞ！　もう休んでいいよな？」

「ダ・メ・よ？　ロギン。あんたには命を救ってやったっていう一生返せないほどの恩を与えたんだから、キリキリ働くことで返しなさい！」

「クソッ、なんて奴に助けられちまったんだ、俺は！」

そう、アリエルはかつての仇敵、ロギンを蘇らせた。

元スラムの仲間たちといずれ和解したいと考えていたそうだ。

まぁ、今となってはアリエルがロギンに恩を売って、スラムメンバーそのものを配下に置いた形になっているが。

今度からは上司として顎で使う気満々である。

本当、アリエルはそういうところ見逃さないよな。

「もちろん、雄介にだって感謝してるのよ？」

ほんとぉ？　俺にはそれらしいデレも見せないアリエル。

相変わらず、近寄ってきた時の第一声は食べ物を求めるのが定番。

ここに薫がいたら、きっと肩を竦めていただろう。

だが、残念だがクラスメイトのほとんどは入院中。

ちなみに病院のベッドがあまりに不足したため、補充分のベッドは俺が突貫で作った。

素材集めだけみんなに協力してもらって、イメージでなんとかした。

素材さえあれば、なんでもできるのが俺のガチャのなせる技である。

意識の残っているドリュアネスの勇者やエルフには、総動員で看護を手伝ってもらっている。

「旦那様、お迎えに参ったぞ」

「ああ、すまんな。では俺はこれで」

すっかり技術トークに花を咲かせていたグーラのもとに、アクエリアさんが迎えにくる。

グーラたちはタイムトラベルマシンを作るまでの間、今まで蔑ろにしていたドラゴンたちに手を差し伸べて向き合うことを決めたらしい。

グーラが唯一話に出していたアクエリアさんは、妻になったようだ。

他の三人はといえば――

「おかーしゃん、おとーしゃん。おねーしゃんたちがよんでゆよ！」

まだ年端もいかぬ子供になっていた。

風龍ウェンディ、炎龍フレア、地龍アーシー。

呼びに来たのはアーシーだった。末っ子として愛らしい笑顔を振り撒く。

他の龍人たちは増やしすぎても仕方ないと魂を封印している。

何も急ぐ必要もない。ただ生きていく、それだけを楽しむのもいいかもなとグーラは片手をあげて、グルストンの跡地にある一軒家へと帰っていく。

自分で更地にした場所を、一から作り直すことにやり甲斐を感じているようだ。

グーラなりの罪滅ぼしなのだろう。

「阿久津君、ベッドの追加パーツお願い」

感傷に浸る余裕もくれず、節黒が要求してくる。

「いや、ベッドって言ったって何種類もあるじゃんよ。どこのどれだよ？」

「とりあえずCタイプ、全部ね？」

「よりによって素材がないやつー」

「〈素材合成ガチャ〉で？」

「魔素も尽きていることを考慮すれば、〈素材復元ガチャ〉でも作れないぞ？」

「ざんねーん」

「そもそも今更ベッド？　何に使うんだよ」

病院がわりの箱物は全て完成させた。ひとまず雨風が凌げて冷暖房が完備の空間を準備してみんなには休んでもらっている。飯の方は全員が流動食依存なので点滴にセットして、中身はドリュアネスの例のブツだ。味わいを無視すれば栄養は取れるからうってつけだった。流石に働いてる人たちへの支給品はきちんと提供している。

坂下さんが入院中なので、〈素材合成ガチャ〉で俺が間に合わせているが、俺のガチャに頼りすぎて今から心配である。

こりゃ、グーラさんには魔素集めのために討伐可能なモンスターの生産を頼むことになりそうだ。しかし彼からは、「生きていくのに必要かもしれないが、そればかりもな」と否定的な意見をいただいている。

そんな中での節黒の回答は——

「え？　可変ロボットにしようかと思ってね」

無駄遣いの極致と言わんばかりの失言に、流石の俺もキレた。

「てめーー！」

節黒は元気一杯に逃げていった。


グーラのもたらした災害は、世界に大きな傷を作った。

四つの大陸は粉々に砕かれ、地図上からグルストン王国が消えた。

ドリュアネスのエルフたちは別次元に生きているので、大陸が死滅しようとも生活圏に支障はなかったようだ。

ムーンスレイは、グルストン同様大陸は壊滅状態。

そんな二国を見て、ドリュアネスの元老院たちが手を差し伸べる事を決断した。

ササモリさんたちへの言葉が、刺さったみたいで嬉しい。

大陸の統合、そして別の次元での生活。

これが全ての種族を統括する上での決まり事だった。

国という枠組みを作らず、人々の優劣をつけない。助け合いの精神でのやり取りを大切にしていく。

ドリュアネス側も国ではなく、一部族というくくりになった。

これが新しい世界の生活だ。


クラスメイトが退院してから一年くらいが過ぎた。

俺たちもすっかりこの世界の住人として打ち解けた頃。

「はぁ？」

夏目がおかしなことを言い出した。いつものことではあるが、今回は特におかしい。

何やらもとの世界とこの世界を繋ぐドアを開発したのだとか。

ドアノブのすぐ横には見慣れない錠前。

座標を示す数字を設定する場所がある。

元の世界以外にも、今まで行った場所なら座標を設定してどこにでもいけると聞いて驚いた。

「雄介、どうするの？」

薫の問いかけに、俺は答えを出しかねる。

いつか帰るんだと頑張ってきたが、急に帰れるようになったと言われたら誰しも戸惑う。

「これって一方通行ではないんだよな？」

暗にこっちにも戻ってこられるよな？　と尋ねる。

天性があるのがすっかり日常になってしまった俺たち。

帰った途端に消えてしまったら、それはそれで寂しいのだ。

「まだ確認はしてないが、帰ってくることはできるぞ。ただな……」

意味深な間を開けて時間稼ぎ。こいつは何年経っても変わらずに情報を出し渋るな。

「時間軸が違う、かしら？」

委員長がツッコミを入れ、夏目は頷いた。

「つまり？」

俺は全員を代表して聞いた。

というよりちゃんと理解できていなかったのは、俺だけだったみたいだ。

「こっちで一年過ごしてる俺たちだが、向こうじゃ数時間くらいの時間経過でしかない可能性がある」

「なるほど？」

さっぱり意味がわからない。そこを説明して欲しいんだが？　という顔をしても、みんなが呆れたような目で見てくる。酷くない？

「雄介、無理して理解したフリしなくていいよ？」

「それが阿久津だからな」

「違いない」

薫も、三上も、節黒もみんな俺を煽ってきた。

そこで夏目が咳払いをして話を続ける。

「けど、その時間経過も、エルフの技術でなんとかなりそうなんだ」

あの次元なんちゃら技術かな？

グーラの種族に至る技術らしいし、とんでもないってことだけしかわかってない。

それを使うとこっちにどんなメリット、デメリットがあるか、そこだけ知れればいい。

「つまり？」

俺が話を急かすと、夏目がニヤリと笑った。

「週一でこっちに遊びに来れる」

「よし、帰んぞー」

俺は先陣を切ってドアノブを捻った。


元の世界は、あの頃となんら変わらずそこにあった。

なんなら授業が一つ終わった直後くらいの平和な世界。

帰ってきた俺たちは、拍子抜けするくらいに、日常に溶け込んだ。

あっちの世界の一年は、こっちの世界の一時間にも満たない時間に収束された。

あの大冒険は泡沫(うたかた)の夢であったかのように、俺たちは天性を失った。

使っていた感触だけが残っていて、俺もすぐにガチャに頼る癖が出てしまう。

今思うとクラスメイト以上に天性に頼りきって生活していたんだよな。

授業を終えて、部活に行く奴、帰宅する奴で別れて、学校を後にする。

多分、今日は眠れないだろう。

まだ異世界の記憶が強く残っている。モンスターを倒した記憶、そしてガチャを回した感覚。

それが強く残っている。

「雄介、夕ご飯ができたわよ、降りてらっしゃい」

「はーい」

ただなんとなく、今まで通りの生活をするのはむず痒(がゆ)かった。何にもない環境から成り上がった魂の成長が、こっちの社会に微妙に馴染み切れない。

妙にソワソワしながらいただく食事は至って普通のメニューだった。

だと言うのに俺はご飯を口にして、涙をボロボロ流してしまう。

「ちょっと、泣くほど美味しかった？」

急に無言で泣き出す俺を不審に思ったのか、かーちゃんはどこかへ連絡を入れていた。

どうやら今日学校で何かあったのではないかと、ＰＴＡの連絡網を通じてクラスメイトの家にかけていたらしい。

泣くだけ泣いたら安心して、俺は食事をすすめた。

案の定というか、俺以外にもほとんどのクラスメイトが日常に帰れたことに泣いていた。

一度は死んだ連中もいる。

グーラが手放した魂の中には、すぐに肉体に馴染まないのもあった。

アリエルが真っ先に魂を蘇らせたエラールのおかげで、今みんなは無事でいられている。

それゆえの安堵。ご飯も何倍も美味しく感じた。

「おかわり」

「あら、いつも食べたら何も言わずに自室に篭るあんたが珍しいわね。明日は雪かしら？」

ご飯を盛り付けるかーちゃんの返しに、申し訳なさを感じた。今までの俺はただなんとなく、親からの無償の愛を受けて育ってきた。

でも、親子だからってその愛情は当たり前に与えられるわけじゃないんだってことを異世界で学んだ。アリエルのように幼くして親を失う子もいる。

それに比べたら、父親がいなくたって俺は幸せ者だ。こんなに俺を思ってくれる家族がいるから。

「このコロッケ、いつもより美味しくない？」

「スーパーの半額品よ？」

「えー、ウッソだー」

「本当に今日のあんた、おかしいわよ？」

「それよりかーちゃん、いつもありがとうな？」

「何よ急に。風邪でも引いたの？」

「いいからいいから。今日は親孝行させてよ」

いつもは自室に戻ってすぐにゲームを始めるのが日課の俺だが、この日ばかりは親孝行を優先した。母親が普段どんな苦労をしていたのか知ろうともしなかった俺は、過去の行いを省(かえり)みたのだ。


それから数日ほど学園での平和な日常が続いた。

普通に登校した俺たちは、そわそわしながら教室に向かった。

ずっとその力を使い続けてきただけに、不意に虚空をなぞる癖が出来上がっている。

多分ステータスボードを使っていた影響だろう。

けど、力は消えても経験は消えない。

三上は瞬く間に剣道部のレギュラーを勝ち取り、選抜選手に選ばれた。

木下は投手志望から打者志望に変わり、盗塁王としてメキメキと頭角を表していく。

参謀の木村は異世界ではほとんど出番がなかったにもかかわらず、部内で大将を任せられるようになった。

それに比べて俺はと言えば――

「なーんもない。あっちの世界の出来事は一体なんだったのかと思うぜ」

「そんなことないでしょ？　一番の変化は雄介だと僕は思うな？」

薫と一緒に駄弁りながら帰宅すると、商店街のお店の人々が俺に声をかけてくる。

「雄介君、今帰りかい？　コロッケどう？　今買うならおまけするよ」

「雄介君、毎日油物ばかり食べてると、そこの店主みたいにブクブクに太っちまうよ？　今日はお刺身にしましょ？」

「おいおい、雄介君は今日はうちのお店でコロッケを買ってくれるって約束してたんだ。そうだよな？」

「あはははは」

商店街のおじさんおばさんに笑顔で応じる俺。

「ね？　中学まではこんなこと一度もなかったよ」

薫にこれでもまで俺に変化がないのかと聞き返す。

そうだ、俺は異世界に渡ってから極端にお人好しになった。

困ってる人がいたら声をかけ、いろんな人に声をかけて知り合ったり、そこから回を重ねていくうちに、商店街で俺を知らない人はいないくらいになった。

「雄介のお人好しパワーが商店街を明るくしたんだよ。これってすごいことじゃない？　たかが高校生にそんな力があると思う？」

「確かに中学までの俺だったら、考えられないよなぁ」

「それにうちのクラスが仲良しなのも、雄介のおかげだよ」

そうなのか？　と聞いたら「そうだよ！」と返された。

俺はただ、自分のやれることを伸ばしてきただけだ。

だからそれが自慢だと言われて、ちょっと照れくさくなる。


「さぁ、お前ら準備はいいか？」

「いつでもできてるぜ！」

「早くしてくれよ、昨日から禁断症状が出てるんだ」

待ちに待った、再び異世界に渡る日がやってきた。

この技術は秘匿事項が多いので、クラスメイト以外には誰にも伝えずにいる。

あの一年をたった一時間で味わえる興奮と驚きの連続が、俺たちの前に開かれた。

「待ってたわよ、雄介」

そこで歓迎してくれたのは、少しだけ成長したアリエルだった。あのこまっしゃくれた少女が、俺たちと変わりないくらいに成長を遂げている。まるで夢でも見てるみたいだ。

俺たちが日本に帰還できると聞いた時、ドリュアネスの司さんと健一さん以外は全員が、この世界に残ることを決めていた。

転移した時点で日本にあまり思い入れがなかったり、すっかり個々の暮らしに慣れてしまったから手放せなくなっていたりと、理由は様々だ。

今では日本の情報と、この世界の情報を提供し合う事で俺たちは協力している。

「やっぱり私はこちらに残って正解だった。店を続けるのも正直しんどかったからね」

田代さんが、俺が持ってきた日本の新聞を片手にげんなりしていた。

最近俺たちの世界では、経済は右肩下がりだ。

かーちゃんも安月給のパート先を辞めてもう少し高いお賃金の出るところを真剣に検討していたし、俺もアルバイトするべきかもしれないと思って、今は料理屋で働いている。

「それはそうと、こっちではちょうど二年が経過したよ。随分と街も復興したんだ、見ていくかい？」

向こうの一時間を一年と換算していた今までを、向こうの一週間を二年の経過で止めているのはすごいことなのだろう。

「さぁ、今日という日を待ってたんだから、たっぷりご馳走してよね？」

アリエルが俺の方に駆け寄って、さっそく好物を要求する。

俺は久しぶりに使う天性でアイス大福を取り出した。

俺たちが向こうで天性を扱えないように、俺が向こうにいる間、この世界に残したガチャは作動しなかった。

なのでこの日を待ちかねていたのはアリエルに限らず、今日俺たちがくると知って駆けつけた元ドリュアネスの勇者やムーンスレイの勇者たちも同様だった。

「これこれ、これよ！」

成長したアリエルは、とろけた笑みを俺だけに向けた。

妹分のエラールや、子分のロギンたちには見せない表情らしい。

二年の成長で俺たちの一つ下の年齢に至り、背もずいぶん伸びていた。

懐かしい感覚に嬉しくなったのは俺だけじゃないだろう。

しかし、魔素量は当時と変わらず枯渇気味。

「食うのはそこそこにして、先に狩場が優先だな。さっきので魔素が尽きた」

「ええ、もう出せないの？」

「働かずして食うべからずだ。それに、こっちは一週間分の体のなまりがあるからな。軽い運動感覚で行こうぜ？」

「仕方ないわね、ロギン！　二十名様ご案内よ」

「おう、お前ら久しぶりだな。少し縮んだか？」

二年経って、ロギンは随分と貫禄を備えていた。一瞬どこのおっさんかと思ったが、まだ十九才だというのだから驚きだ。

同年代というか一つ上が三つ上になるんだから、不思議だよな。


俺たちはロギンの操る大型バスで野生のモンスターが蔓延(はびこ)るエリアへと案内された。

「お前ら、本気出しすぎて肉片ごと消滅させるなよ？」

「そんなヘマしないって。向こうで研ぎ澄ませたコントロールを見よ！」

投手から打者に切り替えた木下がなんかほざいている。

野球ボール程度に圧縮したエネルギー弾を手元に出し、魔球のように謎のフォームから繰り出して脳天にクリーンヒットさせる。

「ナイッシュー」

間延びする節黒の応援に、シュートじゃねーし！　と文句を言っていた。

「やはりわたくしはこちらの方がしっくりきますわ」

杜若さんが謎のポーズから〈精神安定〉を繰り出し、モンスターのやる気を根こそぎ奪っていた。

そこへ矢を番(つが)えた水野&姫乃ペアが息のあったコンビネーションでトドメを指していく。

「ナイスショット」

「グットゲーム」

お互いを褒め合うのも忘れない。向こうに帰っても仲良しのままだ。

水野はその太りすぎた体形をこっちの標準に戻すために、過酷なダイエットに臨んでいるらしい。

家族はその変わりっぷりを心配してるが、今の水野なら無事やり遂げてくれるだろう。

なんせ彼女とのお付き合いがその先に待ってるのだから。

姫乃さんはぽっちゃり体形の水野も可愛いと言っていたが、それには水野本人が否定的な意見を出した。

そのためのダイエット。まぁ頑張ってと俺たちも応援を送る。

「阿久津！　回収お願い」

「おう！」

当時は何も考えずに回収してきた素材。ガチャを通じて俺は色んな仕事を知った。今度は余す事なく満遍なく使ってやるからな、と思いを込めて回収する。

抜けていく魂はグーラの天蓋(てんがい)へと戻っていく際、微笑んだ気がした。

気のせいかな？

自分の命をとった相手にそんな感情を抱くわけもないしな。

そして委員長ばかりに頼って守られないと俺の方でもアイテム図鑑なるものを持ち込んでの参

加だ。

　別に仕事を奪うつもりもないけど、イメージが力になるからこそ、その隙間を埋めていくのが何よりも重要だと理解している。

　アルバイトをして、食べ歩きもした。

　だからどんな素材からそんなものができてるかのイメージもバッチリだった。

　魔素による復元だって、素材の一つに至るまで、どんな要素で、どんなふうにイメージするかで質まで変わってくるし、実際に変わった。

　それに一番に気がついたのは、剣道部エースの三上だ。

「あれ？　この肉まんいつものより美味くねーか？」

　三上が俺の作り出した豚角煮まんを口にして、狙った通りの言葉をくれる。

　かーちゃんもそうだけど、お店の人も作ったものを美味しいと言ってもらえると嬉しいのだ。

　当然、全く料理もしてない俺が言われても嬉しい。

「だろー？　向こうに帰って研究したんだぜ？　以前までの俺と思ってたら大間違いだぜ！」

「雄介は帰ってから料理屋さんでアルバイト始めたもんね。お給料目的よりも味を盗むのを優先してさ」

　薫が、俺の代わりに説明してくれた。

「お前、そんなことしてたのか」

「おう、本来ならこの料理も誰かの手によって作られるものだろ。俺も作り手の気持ちを知れば、より美味くなるんじゃないかと知ったんだ。だからこっちに帰ってくる前に、そういう体験をしたかったんだ」

「手応えはあったか？」

「その肉まんが答えだよ」

「そうか。おかわりは貰えるか？　俺からもみんなにオススメしてくる」

「三上も、変わったな」

当時は一人で突っ走ってた三上。

一度死んで、生き返った。

その後命のありがたみを知り、そして仲間に頼ることを知った。

「そうか？」

「そうだよ」

心臓に拳を置き、互いに変化を認め合う。

「今度は楽しい冒険にしようぜ？」

「そうだな、向こうに楽しい思い出を持ち帰ってやろうぜ？」

笑い合い、俺たちはクラスメイトの待つ拠点へと帰った。

強くてニューサーガ
NEW SAGA
1~10
阿部正行
Abe Masayuki

強くてニューサーガ
NEW SAGA
阿部正行
Abe Masayuki
魔王討伐!!!
強くてニューゲーム!?
世界の運命を変える
2周目の冒険が始まる

強くてニューサーガ
1
大人気
"2周目冒険ファンタジー"
待望のコミカライズ!!
シリーズ累計9万部突破!!
魔王討伐
強くてニューゲーム

その日暮らしだった僕だけど……授けられたのは創造神の加護!?

異世界のはじっこで陽だまりの街作ります!

異世界の路地裏で生まれ育った、心優しい少年ルート。その日暮らしではあるけれど、明るくたくましく暮らしている。やがて10歳の誕生日を迎え、ルートは教会を訪れた。仕事に就く際に必要な『技能スキル』を得るべく、特別な儀式に臨むためだ。そこでルートは、衝撃の事実を知る。なんと彼は転生者で、神様の手違いにより貧困街に生まれてしまったらしい。お詫びとして最強のスキルを授けられたルートは、路地裏で暮らす人々に幸せを届けようと決意して——天才少年のほのぼの街づくりファンタジー!

◉各定価:1320円(10%税込)　◉illustration:キャナリーヌ

【味覚創造(みかくそうぞう)】は万能です

神様から貰ったチートスキルで異世界一の料理人を目指します

1・2

秋ぶどう
Akibudou

望んだ『味』を作り出す神スキルで

美食溢れる異世界に

味覚革命!

食べ歩きが趣味の青年、日之本巡(ひのもとめぐる)は、スキルと一緒に異世界に転生させられる。【味覚創造】という名前のそのスキルは、『イメージ通りの味を生み出す』ことができる、彼にぴったりのものだった。しかも街に向かう途中、ここは超一流の料理人が集う国だと判明。スキルで生み出した砂糖を売りに料理人ギルドに向かったメグルは、料理人になることを決意すると、レストランを開くため、『美食の都』目指して旅に出る——どんな美食もお手のもの!? 異世界料理(?)ファンタジー、開幕!

●各定価:1320円(10%税込) ●Illustration:フルーツパンチ。

発明好きな少年の正体は——
王宮から消えた第一王子?

アルファポリス
第2回
次世代ファンタジーカップ
スローライフ賞
受賞作!!

前世の知識で大改革しながら
のびのび下町ライフ!

生まれて間もない王子アルベールは、ある日気がつくと川に流されていた。危うく溺れかけたところを下町に暮らす元冒険者夫婦に助けられ、そのまま育てられることに。優しい両親に可愛がられ、アルベールは下町でのんびり暮らしていくことを決意する。ところが……王宮では姿を消した第一王子を捜し、大混乱に陥っていた! そんなことは露知らず、アルベールはよみがえった前世の記憶を頼りに自由気ままに料理やゲームを次々発明。あっという間に神童扱いされ、下町がみるみる発展してしまい——発明好きな転生王子のお忍び下町ライフ、開幕!

●定価:1320円(10%税込) ISBN 978-4-434-31343-1 ●illustration:キッカイキ

異世界で水の大精霊やってます。
湖に転移した俺の働かない辺境開拓
ISEKAI DE MIZU NO DAI SEIREI YATTE MASU
著 穂高稲穂
HODAKA INAHO
アルファポリス
第2回次世代
ファンタジーカップ
『ユニークキャラクター賞』
受賞作!!!!
居眠りしている間に人間卒業!?
全能の大精霊
になってしまいました
居眠りから目が覚めると、別の世界に転移していた高校生の冴島凪。辺りは見知らぬ湖——というより、彼は湖そのものになっていた!?　流れ込む知識を頼りに、自分が湖の大精霊に転生したことを理解したナギは、怪我や病で苦しむ者たちを治していく。そんなある日、ナギは願いの声に導かれて、ある少年のもとに召喚される。奴隷となっていた少年たちを救い出すと、その後も彼を慕ってどんどん仲間が増えていき……湖畔開拓ファンタジー、開幕!
◎定価:1320円(10%税込)　◎ISBN 978-4-434-31159-8　◎illustration:つなかわ
褒められたからには
神癒の力で救わないとね。
アルファポリス第2回次世代ファンタジーカップ「ユニークキャラクター賞」受賞作!

この作品に対する皆様のご意見・ご感想をお待ちしております。

おハガキ・お手紙は以下の宛先にお送りください。

【宛先】

〒150-6008 東京都渋谷区恵比寿4-20-3 恵比寿ガーデンプレイスタワー 8F
（株）アルファポリス　書籍感想係

メールフォームでのご意見・ご感想は右のＱＲコードから、
あるいは以下のワードで検索をかけてください。

アルファポリス　書籍の感想

ご感想はこちらから

本書はWebサイト「アルファポリス」（https://www.alphapolis.co.jp/）に投稿されたものを、改題・改稿のうえ、書籍化したものです。

クラス転移で手に入れた『天性』がガチャだった件３
〜落ちこぼれな俺がみんなまとめて最強にします〜

双葉 鳴

2023年 1月31日初版発行

編集－小島正寛・仙波邦彦・宮坂剛
編集長－太田鉄平
発行者－梶本雄介
発行所－株式会社アルファポリス
〒150-6008 東京都渋谷区恵比寿4-20-3 恵比寿ガーデンプレイスタワー8F
TEL 03-6277-1601（営業）　03-6277-1602（編集）
URL https://www.alphapolis.co.jp/
発売元－株式会社星雲社（共同出版社・流通責任出版社）
〒112-0005 東京都文京区水道1-3-30
TEL 03-3868-3275
装丁・本文イラスト－nima（https://n-n-nima.tumblr.com/）
装丁デザイン－AFTERGLOW
印刷－中央精版印刷株式会社

価格はカバーに表示されてあります。

落丁乱丁の場合はアルファポリスまでご連絡ください。

送料は小社負担でお取り替えします。

ISBN 978-4-434-31502-2 C0093